El Síndrome de Lázaro

¿POR QUÉ NO PUEDO MORIR?

Una Colección de Reanimaciones,
Avivamientos, ECM y OBE Presentando:
Una Memoria, Incluida La Guerra de Vietnam
(Spanish Edition)

JAIME REYES

El Síndrome de Lázaro

¿POR QUÉ NO PUEDO MORIR?

Una Colección de Reanimaciones,
Avivamientos, ECM y OBE Presentando:
Una Memoria, Incluida La Guerra de Vietnam
(Spanish Edition)

JAIME REYES

Also by Jaime Reyes

En el Principio (Spanish Version)
Short Stories:
"The Shining City by the Sea"
"Lazarus Effect"

Memoirs:
First Night
Guest Columnist:
We Complain (English)
Nos Quejamos (Spanish)

Blogs:
Opciones Para el Futuro de Puerto Rico (Spanish)
Options for the Future of Puerto Rico (English)
Legalization of Marijuana

Dedicated to my Son, Grandchildren and Great-Grandchildren
—Not necessarily in order of preference.

Anthony Sr.	Emily
Anthony Jr.	Jasmine
Edward	Lesley
Julian	Natasha
Jeramiah	Nina
Jaaziah	Lyla
Ronin Jaime	Ameenah
Idris	Leah
Leonardo	Ivy

Table *of* Contents

PARTE 2

Introducción

"No temo a la muerte. Había estado muerto durante miles de millones de años antes de nacer y no había sufrido el más mínimo inconveniente por ello". —Mark Twain

Mi nombre es Jaime, Publiqué mi primer libro en 2018, "In the Beginning – The Early Days of Religion Beliefs" en ambos idiomas. Mi editor me ha estado instando a que escriba un segundo libro, pero solicitó una secuela del primero. No estaba preparado para eso. Luego sugirieron unas memorias o una autobiografía. Les dije que aún no era famoso ni había logrado nada digno de mención.

El editor me recordó que había mencionado un libro futuro sobre el síndrome de Lázaro. Realmente no sabían lo que eso significaba, pero después de que les expliqué, me sugirieron que continuara.

Para aquellos que nunca han oído hablar del Síndrome de Lázaro o del Efecto Lázaro, es un evento médico, bastante inusual pero muy real. Lleva el nombre del bíblico Lázaro a quien Jesús resucitó de entre los muertos después de cuatro días en la tumba. (Ver notas al pie)

El término describe a personas que sufren un evento traumático, desde un nacimiento muerto hasta una lesión, un ataque cardíaco o un derrame cerebral y son declarados oficialmente muertos por un profesional médico pero experimentan una reanimación espontánea, minutos, horas o incluso días después de ser pronunciado. Algunos reviven rápidamente, pero otros pueden tardar un poco más, incluso después de ser colocados en una bolsa para cadáveres y llevados a la morgue. No han sido pocos los que sorprendieron al médico forense cuando se inició la primera incisión de la autopsia. Se sabe que otros reviven en un ataúd durante un velorio.

Los menos afortunados vuelven a la vida después del entierro, pero no por mucho tiempo.

Este evento fue más frecuente en años pasados, cuando los médicos se apresuraban a declarar la muerte cuando el corazón se detenía. Hoy en día, la muerte cerebral es más precisa, pero incluso eso ha engañado a algunos médicos.

Elegí el tema porque lo encontré interesante pero aún más porque soy un sobreviviente del síndrome de Lázaro con la ventaja adicional de que, si bien la mayoría de las personas citadas lo han hecho una o dos veces, yo he jugado con el efecto numerosas veces. Parece que muero fácilmente pero no me quedo así.

Para que conste, esto no tiene nada que ver con milagros, creencias religiosas o cualquier tipo de intervención divina. Aunque un gran número de avivamientos inexplicables agradecen al cielo por volver a la vida, yo no creo en ninguno de esas

intervenciones sobrenaturales. Prefiero depender de dos o más manos médicas/quirúrgicas capacitadas que trabajan para salvarme, que depender de mil pares de manos juntas en oración suplicando ayuda celestial.

Si bien respeto a aquellos que prefieren agradecer a los poderes en los que eligen creer, también daré crédito a los profesionales médicos que utilizan sus habilidades para salvar vidas y recuperar algunas que se les escapan temporalmente.

He citado numerosos ejemplos de quienes han regresado después de iniciar el viaje al más allá, sea lo que sea o dondequiera que esté. Al principio, no incluí a aquellos que afirman haber experimentado ECM y afirman que fueron llamados por una luz brillante o por parientes, amigos o conocidos desaparecidos hace mucho tiempo. Muy pocos de los que aparecen en este libro, incluyéndome a mí, vieron una luz o fueron recibidos por una fiesta de bienvenida. Tampoco se advirtió a ninguno que "regrese, no es su momento". Encontré demasiados ejemplos de experiencias cercanas a la muerte (ECM) y eventos extracorporales (OBE) como para excluirlos por completo. Esas dos experiencias merecen atención y al menos un intento de explicación.

Personalmente, no experimenté nada, ni dolor, ni tristeza, ni preocupaciones. Esto verifica lo que escuché durante los debates entre oponentes religiosos y no religiosos: Pregunta – "¿Entonces qué crees que hay después de la muerte?" Respuesta: "Lo mismo que había antes del nacimiento: ¡Nada!"

Aún así, el sentido común me dice que nadie sabe con certeza lo que sigue a la vida, sin importar si esa vida fue grandiosa, miserable, bien lograda, llena de decepciones, santa o diabólica. Nadie ha vuelto jamás a detallar el más allá. Algunos de nosotros hemos sido arrancados de un suceso incompleto y, por lo tanto, no tenemos una experiencia definitiva para ofrecer una explicación o descripción válida y razonable de lo que sigue.

Sólo hay uno de dos resultados dependiendo de si uno es creyente o negador de una vida futura. Quienes lo niegan sólo sabrán si están equivocados. Y los creyentes sólo sabrán si tienen razón, incluso si el resultado no es el que esperaban o deseaban.

Desde que mi editor me pidió que incluyera una memoria, he agregado situaciones que otros pueden considerar interesantes o incluso valiosas. Para aquellos que estén pensando en obtener un título universitario, ofrezco métodos para acortar el tiempo necesario para obtener un título de cuatro años.

Completé mi Licenciatura en Ciencias en veintitrés meses en lugar de los cuatro años habituales, utilizando formas acreditadas y legítimas de acumular puntos de estudios universitarios. Esos créditos eliminan horas en lugar de aburridas y costosas semanas de clase. Muchas personas, sin saberlo, ya tienen valiosos créditos disponibles con solo solicitarlos y una pequeña tarifa.

Para agregar variedad y romper con historias que pueden ser un poco morbosas, en la segunda parte incluí períodos de mi vida que pueden satisfacer a aquellos interesados en el servicio militar, específicamente: mi gira en Vietnam, mis logros comerciales y mi actividad policial. También hay cuentos cortos que detallan situaciones que eran peligrosas o potencialmente mortales y a las que inexplicablemente sobreviví con poco o ningún daño. Esos eventos aparecen en "Casi - casi".

Algunas áreas discuten las variadas ideas que cubren las diversas posibilidades de una vida futura, incluso si no hay evidencia certificada que demuestre la validez de ninguna de ellas. Aún así, las creencias se mantienen firmemente y ninguna discusión en contrario desalojará esa ideología o mentalidad.

En ocasiones me pregunto cuán decepcionados se sentirán algunos creyentes si su secta resulta ser la elección equivocada después de dedicar toda su vida a seguir el único sistema de creencias que eligieron seguir a una edad más temprana.

Dejaré ese enigma para un libro futuro. Este escrito explora un evento que no es tan raro como se creía originalmente y que muchos han experimentado o experimentarán, especialmente ahora que la ciencia médica está mucho más avanzada que hace apenas unos años.

Más adelante, examinaré investigaciones y desarrollos más recientes en el estudio de las experiencias cercanas a la muerte (NDE) y las experiencias extracorporales (OBE).

Unas pocas páginas cubrirán la investigación científica sobre los intentos de descubrir qué le sucede a la conciencia o al alma después de que uno es declarado oficialmente muerto: ¿continúa una presencia, permanece, se disipa en la nada o va a alguna parte? Lo creas o no, hay médicos, filósofos, científicos y otros profesionales que intentan descubrir evidencia científica para reforzar o desacreditar la fe basada únicamente en opiniones sobre la existencia y/o necesidad del alma.

Hay otros que intentan perpetuar artificialmente los pensamientos y recuerdos de los fallecidos cargándolos en dispositivos similares a computadoras, incluidos androides y robots. También puedo incluir algunas palabras sobre criónica o preservación de cuerpos o cerebros humanos con la esperanza de algún día revivir a la persona o el cerebro congelado. Este proceso, sea potencialmente factible o no, por ahora, está reservado sólo para los súper ricos. Alquilar un contenedor criogénico por tiempo indefinido puede resultar extremadamente caro.

El Efecto Lázaro

"La gente teme a la muerte incluso más que al dolor. Es extraño que teman a la muerte. La vida duele mucho más que la muerte. En el momento de la muerte, el dolor termina. Sí, supongo que es un amigo. —Jim Morrison

Primero, necesito explicar qué es el efecto Lázaro. Se le conoce médicamente con varios nombres: Síndrome de Lázaro, Efecto Lázaro, Fenómeno de Lázaro, Corazón de Lázaro, Autoresucitación, y Autoresucitación después de una RCP fallida o Retorno retardado de la circulación espontánea después de que los intentos de RCP hayan fallado. El acrónimo habitual es *SROC (Retorno Espontáneo de Circulación)*. Gordon L, Pasquier M, Brugger H y Paal P. *Autoresuscitación (fenómeno de Lázaro) después de la finalización de la reanimación cardiopulmonar: una revisión del alcance.* Revista Escandinava de Trauma, Reanimación y Medicina de Emergencia, 2020. 28(14).

En términos más simples, vuelve a la vida después de que parece que el paciente ha muerto, especialmente después de haber sido declarado oficialmente muerto por un médico profesional.

Por supuesto, el nombre deriva del personaje bíblico, Lázaro, que resucitó tras varios días en la tumba.

Esta no es una condición médica nueva. En los siglos XVII y XVIII, y antes, algunas personas, especialmente las adineradas, tenían miedo de ser enterradas vivas. Como medida de seguridad en caso de que "despertaran" enterrados en un ataúd, dispusieron que se montara una campana fuera de la tumba con el timbre atado a una cuerda que se extendía hasta el interior del ataúd. La campana conectada a los ataúdes puede haber dado lugar a los términos "campanero muerto" o "salvado por la campana". -Alexa

No pude encontrar ninguna verificación de que este método de ataúd de "seguridad" salvara a alguien de morir como resultado de un entierro prematuro.

Efecto Lázaro Cómo y Por Qué

"Si no sabes morir, no te preocupes; La naturaleza te dirá qué hacer en el momento, de forma completa y adecuada. Ella hará este trabajo perfectamente por ti; No te preocupes por eso".
—Montaigne

Se desconoce la causa exacta del síndrome de Lázaro pero existen algunas teorías detrás de varios casos:

Atrapando aire. Las tasas de ventilación rápidas provocan hiperinflación pulmonar y atrapamiento de aire, lo que disminuye el retorno venoso (el flujo de sangre regresa al corazón). Se cree que esto es más común en personas con enfermedades de las vías respiratorias preexistentes. Una vez que se detiene la ventilación, se puede restablecer el retorno de sangre, lo que lleva a la circulación espontánea.

Retraso de la droga. Es posible que los medicamentos inyectados a través de una vía periférica no puedan llegar al corazón debido a la alta presión intratorácica (presión en el tórax) que se produce con la ventilación con presión positiva. Una vez que se suspende la VPP, la presión intratorácica disminuye, lo que podría permitir que los medicamentos lleguen al corazón. Además, podría haber un retraso en el efecto del fármaco en un paciente con acidosis grave (exceso de ácido en el torrente sanguíneo).

Una o más de las cuatro posibles causas siguientes pueden haber influido en mi incidente de 2017.

Desprendimiento espontáneo de placa. La placa en la arteria coronaria puede desprenderse espontáneamente después de suspender la RCP, lo que restablece la circulación.

Aturdimiento del miocardio. El corazón puede funcionar mal después de una isquemia miocárdica y puede transcurrir varias horas antes de que se recupere la función cardíaca normal.

Asístole transitoria. La asistolia transitoria puede ocurrir después de la desfibrilación, por lo que es importante continuar con la reanimación después de la desfibrilación. Nota: La asistolia ocurre cuando el sistema eléctrico del corazón falla y el corazón deja de bombear. También se conoce como "línea plana" o "Flat Line" porque la función eléctrica del corazón se muestra como una línea plana en un electrocardiograma. Esto provoca la muerte en minutos sin RCP u otro tratamiento.

https://my.clevelandclinic.org/health/symptoms/22920-asystole

Causas reversibles no tratadas. Si no se tratan las causas reversibles insospechadas de paro cardíaco, como acidosis o hiperpotasemia (niveles elevados de potasio), podrían resolverse y restablecer la circulación.

https://www.ems1.com/medical-treatment/articles/rosc-after-death-the-lazarus-syndrome-WfDfxqI9As8diGUq/ -Marianne Myers BS 31/08/2020

Declarado oficialmente muerto

"¡El miedo a la muerte es ridículo, porque mientras no estés muerto estás vivo, y cuando estás muerto no hay nada más de qué preocuparse!" – Paramahansa Yogananda

El primer caso a discutir es mi propia introducción inicial a la superación de la muerte; como sugiere el subtítulo, ¿Por qué no puedo morir?, el primero de muchos. Perdona mi elección un poco egocéntrica, pero es la historia que me ha acompañado toda mi vida y la que mejor conozco. Tendré otros casos históricos para describir. Algunas serán similares a mi experiencia, mientras que otras se considerarán más increíbles y, para algunos lectores, se considerarán más milagrosas.

Mi vida empezó en 1945, pero no precisamente al nacer. Este capítulo de mi vida no viene todo de la memoria. No recuerdo ninguno de los episodios de mi infancia, excepto uno cuando tenía unos cinco años. Mis padres y otros miembros de la familia me contaron los acontecimientos anteriores. Mi historia se ha convertido en una leyenda familiar.

Yo era un bebé grande, pesaba 11 libras, y mi madre era pequeña y delgada, pesaba sólo unas 90 libras, lo que nos causó grandes dificultades a los dos. Me quedé atrapado al salir, no podía respirar y terminé como un "bebé azul". Cuando la partera finalmente logró sacarme, le dijo a mi madre: "El Bebe está muerto". Dejó a un lado el trozo de carne inerte y procedió a cuidar de mi madre que sangraba excesivamente.

Debido a las dificultades inesperadas, se llamó a un médico para que ayudara al principio del proceso. Llegó casi al mismo tiempo que yo y comprobó que efectivamente no respiraba ni tenía pulso. Mi madre siguió mirándome con ojos llorosos y vio que uno de mis dedos meñiques se movía. Ella gritó: "¡Esta vivo!, está vivo". El médico y la partera comenzaron a utilizar prácticas anticuadas de RCP y finalmente restauraron mi respiración normal. Uno de los métodos utilizados fue echarme humo de cigarro en la cara.

El parto problemático puede haber provocado años de problemas de salud destacados por convulsiones graves que me hicieron caer como pez fuera del agua.

Varias veces, durante o después de algunas de las convulsiones más despiadadas, dejé de respirar. Luego, mi padre corría un kilómetro y medio hasta el hospital conmigo en sus brazos solo para escuchar a los médicos o clínicos de la sala de emergencias decir: "Es muy tarde, esta muerto, llévatelo".

Él, por supuesto, les diría que yo había hecho esto antes y que todo lo que quería era un poco de ayuda o una manera de evitar que los eventos se repitieran o me mataran permanentemente. Sólo las convulsiones muy graves interferían con mi respiración, pero aún así, los médicos no ofrecieron ninguna causa ni solución. No existe registro del número de hechos que terminaron en muerte temporal. Mis padres no llevaban un diario ni un registro que documentara cada evento. El hospital tampoco mantuvo registros ya que nunca fui un paciente ingresado. Cada vez que mi padre me traía, los médicos le decían que ya era demasiado tarde, que ya estaba muerto. Quizás fue mejor para mí que no intentaran métodos de reanimación no probados ni utilizaran herramientas primitivas para diagnosticar mi problema. Todo lo que podrían haber hecho fue suponer o adivinar las causas y, peor aún, cómo tratar a los pacientes neonatales. No tengo forma de saber o investigar qué tipo de capacitación, educación o experiencia pudieron haber tenido los médicos que me trataron en ese entonces, pero mi opinión actual es que, en el entorno médico actual, no estarían calificados para fregar orinales. .

A menudo me pregunto por qué mis padres se molestaron en consultar a los médicos si no tenían idea de la causa ni de cómo tratarme. Tampoco tenían idea de cómo lograba resucitar cada vez.

Como los médicos no tenían ningún diagnóstico, optaron por darle a mi madre un pronóstico fatalista. Le dijeron que eventualmente no resucitaría y, en su opinión, no era probable que llegara a los siete años.

Siempre me he preguntado cómo o por qué eligieron siete años en lugar de cinco, seis u ocho.

Debido a esa siniestra predicción y a su muy estricta educación católica, optó por reclutar a la Iglesia y apoyarse en su adoctrinamiento religioso y sus creencias firmemente arraigadas. para ayudar en mi salvación.

Los católicos y otras sectas cristianas, en situaciones drásticas, de forma ritual y sin lógica seleccionan a un santo o una virgen de su panteón de ídolos y prometen realizar algún tipo de penitencia o sacrificio para que sus oraciones sean respondidas. Mi querida madre seleccionó a la Virgen de Monserrate, a quien la gente de su pueblo había elegido como patrona. La leyenda decía que ella había aparecido milagrosamente y había impedido que un toro embistiera a cornear a un hombre. Por cierto, se dice que el toro se arrodilló en reverencia a la aparición. Se erigió un altar en lo alto de una colina cerca del lugar de su gloriosa intervención. Dicho cerro me supondría un arduo esfuerzo algunos años después.

El voto de mi madre fue dejarse crecer el cabello y usar un hábito de monje durante siete años con la esperanza de que los poderes divinos me sanaran o evitaran que muriera repetidamente. Desafortunadamente, ella me incluyó en el voto a pesar de que era un bebé y no tenía voz ni opinión al respecto. Por lo tanto, tampoco me cortaron el pelo y vestí un hábito de monje similar (en realidad, un vestido de saco marrón atado a la cintura con una cuerda con borlas).

Pasaron los años, mi cabello creció largo y fue trenzado en coletas. Aunque las convulsiones se hicieron menos frecuentes, mis numerosas restauraciones se convirtieron en la leyenda familiar del niño que no moriría, o al menos, no permanecería muerto. Seguí experimentando convulsiones, pero no todas fueron lo suficientemente graves como para dejar de respirar. Mi madre creyó que la virgen había escuchado sus súplicas e intercedió por mí. No tenía edad suficiente para dar una opinión sobre lo que estaba sucediendo entonces, pero alrededor de los ocho o nueve años estaba más que seguro de que no había habido ninguna intervención divina. Prefiero creer que a medida que fui creciendo y fortaleciéndome, mi salud mejoró de forma natural.

No recuerdo las reanimaciones infantiles excepto una. La revivificación a los cinco años fue la última interrupción preadolescente de lo que debería haber sido un viaje de ida por el río Styx. Después de un día muy arduo de convulsiones y fiebres, el médico que fue a mi casa, le dijo a mi madre que no sobreviviría la noche.

La familia se reunió en mi casa para velar por la muerte. No decepcioné a la audiencia. En algún momento de la tarde, después del ataque más violento, dejé de respirar. El médico me cubrió con una sábana, encendieron velas y comenzaron los llantos y oraciones. La cacofonía de gemidos y lamentos aparentemente me devolvió la vida con un susto de miedo. Me quité las sábanas y salí corriendo por la puerta. Mi padre y mis tíos, que no se dejaron atrapar por los maullidos excesivos, me persiguieron y me llevaron de regreso a la casa. Ninguno de los presentes se sorprendió, excepto los pocos que no estaban familiarizados con mi inclinación por engañar a la muerte, incluido el médico que me atendió.

Al voto de mi madre todavía le quedaban un par de años de mandato. Aquí estaba yo, un chico con coletas y vestido (además, feo) e infinitamente avergonzado. Ensangrenté muchas narices y labios defendiendo mi dignidad al lidiar con matones escolares insensibles. Como mis habilidades de lucha y mi físico no coincidían con mi ira ni la melena me daba la fuerza de Sansón, yo mismo sangré más de unas cuantas veces.

A veces, cuando extraños, generalmente mujeres, me elogiaban diciendo: "Hay que nena linda". Yo respondía enojado levantándome la maldita bata, exponiéndome y gritando: "¡Soy nene!" Cuando me volví un poco más sensible, insistí en Usar pantalones bajo el saco. Años más tarde, la canción de Johnny Cash, "A Boy Named Sue", se convirtió en una de mis favoritas ya que me recordaba lo que pasé cuando era niño usando el cabello largo y un vestido con borlas. Eso fue mucho antes del cabello largo. estaba de moda o era aceptable para hombres y niños.

Mi padre y yo (vistiendo el hábito)
Mi pelo largo en coletas detrás de mi espalda.

Casos Historial

"La vida es estresante, querida. Por eso dicen "Descanse en paz". – David Mazzucchelli

En mi investigación busqué historias de casos que se acercaran más a mis propias experiencias con el Efecto Lázaro. Ésa es la razón principal por la que destaco el caso de la entrega y resurrección de Pablo Picasso, segundo después del mío. La terrible experiencia del nacimiento del artista español se asemeja mucho a mi primer escape de las fauces de la muerte al nacer.

Pablo Picasso 1881-1973

España 1881- Pablo fue declarado muerto por la partera quien luego lo colocó sobre una mesa y fue a cuidar a su madre que estaba en apuros. Su tío, Don Salvador, y también médico, estuvo presente en el parto, pero no asistió en el procedimiento. No está claro por qué, pero fue hacia donde yacía el bebé. Es posible que haya notado un tic o alguna señal de vida y comenzó a soplar humo de cigarro en la cara del bebé, lo que supuestamente lo hizo llorar y respirar. Ese nacimiento, tan parecido al mío, despertó el interés en aprender más sobre Pablo. Al tío se le atribuyó haber salvado la vida del bebé. Casualmente, el nombre del tío era co-incidental "Salvador". Me intrigó que se utilizara el mismo método para ayudar a revivirme. Parece que soplar humo de cigarro sobre bebés aparentemente muertos era una práctica médica común, al menos desde 1881, cuando nació

Picasso, hasta 1945, cuando nací yo, un lapso de al menos 64 años. Esa es mi conclusión, no el resultado de ningún documento o investigación médica. Ciertamente espero que los métodos modernos de reanimación no incluyan el humo del cigarro. Me sorprendió que muy pocas de las muchas biografías de Picasso mencionen su problemática llegada.

Al final de mi investigación, llegué a la conclusión de que sólo había dos cosas que nos conectaban. Primero, compartíamos ascendencia española y segundo, la forma en que nos presentaron al mundo. Eso fue todo. Se convirtió en un artista magistral y prolífico en varias formas de arte. Ya estaba creando obras maestras antes de los diez años. Ni siquiera puedo dibujar una figura de palitos. Le apasionaban las corridas de toros; Vi uno y lo odié por su crueldad e injusticia. El toro no puede ganar. Es atravesado repetidamente por picadores. Algunos dicen para que se enoja al toro, pero yo creo que se hace para debilitarlo mediante la pérdida de sangre. Incluso si voltea al matador y evita el golpe de espada, el pobre animal todavía recibe un disparo. Todavía tengo la oportunidad de igualarlo en longevidad: vivió hasta los 92 años. – Pablo Picasso – *Una vida desde el principio hasta el fin copyright 2020 de Hourly History.* https://www.pablopicasso.org/picasso-facts.jsp

Salvados por el cigarro 8 de julio de 2008 | Por Jack Bettridge

"Aquí tenemos una forma novedosa de reanimación boca a boca.

Al parecer, cuando Pablo Picasso nació en 1881, no respiraba y la partera lo dio por nacido muerto. Sin embargo, un tío que pensaba rápido y fumaba puros tenía otras ideas. Se inclinó y le echó humo a la cara al joven Pablo, haciéndole llorar y, por tanto, respirar profundamente.

Menciónalo la próxima vez que alguien te arengue sobre problemas de salud y cigarros. Este es un caso en el que un cigarro salvó una vida e hizo que el mundo fuera seguro para esas locas pinturas de mujeres con dos narices y sus ojos apuntando en diferentes direcciones". - Jack Bettridge https://www.cigaraficionado.com/article/saved- por-el-cigarro-242

Quien estuviera fumando un puro en mi casa cuando yo nací debía conocer la historia del famoso artista.

Declarado oficialmente muerto
una y otras veces

"Morir es algo muy sencillo. He mirado la muerte y realmente lo sé. Si hubiera muerto, habría sido muy fácil para mí, la cosa más fácil que he hecho jamás. Pero la gente de casa no se da cuenta de ello. Sufren mil veces más". —Ernest Hemingway

Los días enfermizos y moribundos de mi infancia transcurrieron todos en mi isla natal. La familia finalmente se mudó al continente y mis años de adolescencia resultaron casi igual de peligrosos.

Durante un evento de gimnasia, intenté dar un salto hacia atrás, aterricé de cabeza en lugar de estar de pie con gracia y permanecí en coma durante tres días. Mi tía, que trabajaba en un hospital, observó cómo los paramédicos me tomaban la presión arterial. Le sorprendió que estuviera cerca de cero. Me recuperé y a los pocos días estaba de vuelta en casa. Hubo una posible repercusión que me afectaría semanas después. Detalles en el capítulo "Casi-Casi" (Close Calls)

A los 16 me acosté sano pero me desperté paralizado de cintura para abajo, causa desconocida. Después de aproximadamente una semana, logré algo de uso de mis piernas y cojeé con muletas, luego pasé a usar bastón. La inexplicable parálisis desapareció después de aproximadamente un mes. Se sugirió un diagnóstico médico mucho más tarde en la vida; los detalles se detallarán a continuación.

He sobrevivido a cinco ataques de pulmonia, a todo el espectro de dolencias infantiles y a horribles accidentes casi mortales en coches y motocicletas, buceo, caídas de escaleras, casi ahogarme dos veces y más. Curiosamente, nunca tuve gripe y rechacé las vacunas anuales contra la gripe la mayor parte de mi vida. Es decir, hasta que hizo su aparición el COVID 19. Teniendo en cuenta mi edad y mis condiciones subyacentes ya desarrolladas en 2019, elegí la mayor parte del valor y recibí todas las vacunas y refuerzos. Ahora estamos en 2023 y nunca he contraído COVID ni la versión anual habitual de la gripe.

Cuando me reclutaron y partieron hacia Vietnam, me preguntaba si mi aura que desafiaba a la muerte me protegería de balas, granadas, morteros o bombas. Salí ileso mientras que muchos de mis amigos no. También fui agente de la ley durante 25 años y evité sufrir lesiones graves a pesar de enfrentarme a delincuentes armados y de tener una escopeta apuntando directamente a mi cara. Me quedé tranquilo y logré hablar cuidadosamente y me salí de esa espantosa situación y me alejé lo suficiente como para pedir refuerzos. Detalles a continuación en el capítulo titulado "Casi-Casi".

En 1996, me uní a un estudio de longevidad dirigido por los NIH en el Hospital Johns Hopkins, Baltimore, Maryland. El estudio requiere visitar el hospital cada tres años y permanecer tres días. La frecuencia de las visitas aumenta a cada dos años después de cumplir los 65 años. A los 80 años, los participantes deben realizar visitas una vez al año. No estoy seguro de qué pasa si todavía estás vivo a los 90 años. Lo digo en broma, cada dos semanas.

Los estudios incluyen resonancias magnéticas, rayos X, biopsias, exploraciones, exámenes cardíacos y pulmonares, agudeza mental, densidad ósea, marcha, pruebas de esfuerzo y una serie de otros exámenes. A lo largo de los años, los flebotomistas me han extraído varias pintas de sangre. Incluso fotografían tus papilas gustativas a medida que envejeces. Los participantes aceptan actuar como conejillo de indias humanos para que los investigadores estudien la longevidad humana. Si descubren un problema, se recomienda a los sujetos que notifiquen a su médico de atención primaria. El estudio no permite intervención ni tratamientos por parte del NIH (Instituto Nacional de Salud), en caso de que descubran una dolencia no diagnosticada previamente. Una ventaja apreciada y bien conocida entre el grupo geriátrico es que los participantes tienden a vivir más que la población promedio. Probablemente se deba a la alerta temprana del desarrollo de enfermedades. Las dolencias potencialmente mortales no son tan calamitosas si se descubren a tiempo. Los sujetos del estudio también tienden a cuidarse mejor y son más conscientes de la atención médica preventiva, los suplementos, la nutrición y el ejercicio.

En los primeros días de participación, pregunté: "Si hay signos de desarrollo de demencia, ¿se lo informa al participante? Ellos dijeron "no." Unos años más tarde, los NIH cambiaron esa exención y ahora informarán si parece haber una disminución en la agudeza mental. Resulta que la demencia es la única dolencia que temo. No por mi sufrimiento personal, probablemente ni siquiera me daré cuenta de que algo anda mal, sino porque no quiero cargar a ningún miembro de mi familia con el agonizante deber de cuidar de mí o de alguien en esa miserable condición.

La única obligación en la que insiste el estudio es que el cuerpo del participante debe ser entregado a los investigadores envuelto en hielo en un plazo de 24 horas. El cuerpo es devuelto a la familia (si así lo desean), después de una autopsia y/o biopsias de órganos importantes. Quieren verificar la causa exacta de la muerte, que es el objetivo principal del estudio de por vida.

Me uní a ese grupo selecto en 1996. A lo largo de los años, docenas de médicos en todos los campos de la medicina me han sondeado, examinado, escaneado y evaluado, pero nunca Pensé en buscar una explicación para mi conexión con el efecto Lázaro. Todavía no me había dado cuenta de que se había acuñado la frase descriptiva.

Hace dos visitas, pregunté. No quedaron asombrados ni sorprendidos por mi historia, excepto por la frecuencia de los acontecimientos cercanos a la muerte. La mayoría de los sujetos del Efecto Lázaro lo hacen sólo una o dos veces y siempre debido a un evento específico, un ataque cardíaco, un derrame cerebral o un trauma.

Hay historias de niños que caen en el hielo y permanecen bajo el agua durante horas, pero algunos se recuperan sin efectos adversos. El shock traumático y la temperatura del agua obligan a que su metabolismo se ralentice y no hay evidencia de latidos del corazón. En algunos casos, puede detenerse por completo. El oxígeno que queda en sus pulmones puede distribuirse lentamente, dando prioridad al cerebro. Investigaciones posteriores indican que pueden ser necesarias otras condiciones para preservar el cuerpo y los órganos. La temperatura del agua es un factor y en algunos otros casos se trata de nieve o hielo.

Los médicos que realizaron el estudio de longevidad me dijeron que lo mismo podría sucederles a los niños que lloran tanto que no pueden respirar, por lo que el cuerpo se apaga para "reiniciarse" biológicamente. El cuerpo se relaja y, cuando se calma, vuelve a la vida, con suerte, antes de que sufra mucho daño. Lo mismo es posible con las convulsiones graves. También pregunté a los médicos del estudio de los NIH sobre mi parálisis cuando era adolescente. Sugirieron que probablemente había sido un virus que afectó mi médula espinal causándome una parálisis temporal. Mi sistema inmunológico finalmente hizo su trabajo y expulsó a los dañinos invitados no deseados.

Permanecí "libre de muerte" durante bastantes décadas hasta los últimos años.

Hace unos siete años, por razones desconocidas, "me peleé". Me desplomé y estaba tan desorientado que ni siquiera podía marcar el 911. Lo intenté varias veces, pero no pude. Mi teléfono tenía contactos de emergencia en letras grandes y logré presionar un botón que llamaba a mi nieto mayor. Tuve problemas para hablar, pero logré murmurar "Ayuda". Él entendió que estaba en problemas y llamó al rescate y a su hermana. Mis dos nietos llegaron antes que la unidad de rescate. También tuve suerte porque mi puerta estaba cerrada con llave pero ambos tenían llaves. Me encontraron en el suelo, casi sin poder hablar. Llegó el rescate y las primeras palabras del médico mientras me tomaba la presión arterial fueron: "No sé cómo sigues hablando o consciente". Tras unas horas en Urgencias, no hubo un diagnóstico definitivo. Se descartó un derrame cerebral y un ataque cardíaco. Se restableció la presión arterial, me recuperé por completo y me enviaron a casa. Ese acontecimiento fue el preludio de una crisis más sombría aproximadamente un año después.

El evento de Lázaro más reciente y quizás el más fúnebre ocurrió en mayo de 2017. A pesar de todas las pruebas durante el estudio de los NIH y mi intento de mantener un estilo de vida saludable, todavía sufrí un ataque cardíaco masivo y mi corazón dejo de funcionar dos veces. (¿Dos "muertes" más?) Estuve en coma durante once días. Los médicos y la familia discutieron "desconectar", pero mi historial de reanimaciones les hizo reflexionar. Además, debido a mis frecuentes actos de renacimiento, me propongo NO firmar un DNR (formulario de No resucitar).

Cuando recuperé el conocimiento, la primera persona que vi fue un joven médico de la UCI. Después de que me quitaron el tubo de respiración, mi primera pregunta fue: "¿Qué tan grave fue?" No dijo nada, solo hizo una pantomima de compresiones en el pecho y levantó dos dedos, indicando dos veces. Mi primer pensamiento fue: "Guau, dos más".

Como mis padres no controlaban la frecuencia de los eventos en infancia, nunca sabré con certeza cuántas veces logré de resucitar con o sin asistencia médica. Puedo estar seguro de al menos cuatro acontecimientos documentados o verificados. Los que no se pueden recordar son los que ocurrieron durante la infancia entre mi nacimiento y el de los cinco años de edad. Sólo sé que mi madre decía que era frecuente. Es imposible convertir "a menudo" en un número, pero puedo adivinar al menos cuatro más. Eso eleva el total (inexacto) a ocho, pero fácilmente podría haber sido el doble. En mi lista de "casi-casi" hay unos quince más que casi califican, pero en realidad no cuentan como eventos de Lázaro.

El infarto agudo de miocardio no debería haber ocurrido. Se podía prevenir si hubiera escuchado a algunos miembros de mi familia o hubiera reaccionado a las advertencias de mi propio cuerpo de que algo andaba mal. Durante cuatro días sentí un molesto malestar en el pecho. He leído suficientes precauciones de salud para saberlo mejor y estaba muy consciente de las señales que indicaban un posible problema cardíaco. Fue un caso de orgullo y terquedad.

Corría tres millas al menos tres veces por semana y creía que gozaba de perfecta salud. Simplemente no acepté que pudiera tener un corazón al borde del fracaso. Teniendo en cuenta mi historia personal, también tenía demasiada confianza. Me recuerda la respuesta favorita de Alfred E. Neuman: "¿Qué, me preocupa?"

Soporté el malestar durante tres días hasta que mi hijo me dijo que tenía un aspecto terrible (no exactamente con esas palabras). Estuve de acuerdo porque realmente me sentía malísimo. Finalmente tomé la decisión de dirigirme a la sala de emergencias más cercana. Conduje yo mismo (tontamente) y cuando llegué, fui a la recepcionista y le dije que creía que tenía un problema cardíaco. Ella me dijo que me registrara y eso es todo lo que recuerdo. Me desplomé antes de poder firmar el formulario que ella me dio. Se me ocurrió una idea: parece que mi situación particular incluye un factor de demora que me mantuvo fuera de peligro hasta que estuve en una sala de emergencias donde pude obtener asistencia inmediata. Si esto hubiera ocurrido unos minutos antes en el tráfico de la ciudad, yo no habría sido la única víctima.

Quedé inconsciente instantáneamente y por lo tanto no tengo idea de lo que hicieron. Lo que sé ahora proviene del informe médico que cubre la acción tomada, quién, los procedimientos realizados, la gravedad del problema y el tiempo en "código". Los esfuerzos de reanimación por parte de los médicos duraron 85 minutos. Sufrí un paro cardíaco dos veces durante esa hora y veinticinco minutos bajo cuidados cardíacos críticos. Debido a la insuficiencia cardíaca masiva y la falta de flujo sanguíneo, algunos órganos resultaron dañados. Mis riñones sufrieron una necrosis tubular aguda. Hay una tasa de mortalidad del 40% si esa condición no se resuelve. Si persiste, la esperanza de vida es de un año. Han pasado más de seis años desde ese evento y hasta ahora no ha habido efectos nocivos para los riñones.

La mayoría de los miembros más jóvenes de la familia habían escuchado las historias de mi pasado, pero el 16 de mayo de ese año fueron ellos mismos testigos del acto de Lázaro. Esta vez, sin embargo, creo que su cariño, atención y apoyo fueron las principales razones de mi supervivencia y/o recuperación. Oh, sí, los médicos también hicieron un trabajo fabuloso.

Debo mencionar a dos mujeres jóvenes de mi familia que sacrificaron su tiempo ayudándome a superar mi momento más crítico. Mi sobrina menor estuvo junto a mi cama durante mis días mientras estaba inconsciente la mayor parte del tiempo y después de que recuperé la conciencia, casi cada vez que abría los ojos, ella estaba sentada junto a mi cama.

Tiene experiencia médica como ejecutiva en una importante compañía farmacéutica y su conocimiento de los medicamentos y sus efectos secundarios me ayudó a tranquilizarme durante los períodos de alucinaciones cuando veía insectos cubriendo las paredes de la habitación del hospital y ratas corriendo por el suelo. Ella seguía diciéndome que estaba bajo el efecto de medicamentos que engañan a la mente. Dejé de quejarme después de esa tranquilizadora explicación y ni siquiera reaccioné cuando vi los insectos arrastrándose por mi sábana. Me tomó un tiempo, pero aprendí a ignorarlos. Mi sobrina también intercedió profesionalmente en mi favor cuando los médicos hicieron sus rondas para saber qué pasó y obtener un pronóstico detallado y honesto.

La otra joven a la que debo agradecer es mi nieta mayor, quien cumplió una doble función mientras estuve hospitalizado. Tenía que cuidar de mi madre, que entonces tenía 92 años, quien de otro modo habría estado sola y habría encontrado tiempo para visitarme con frecuencia.

Sobreviví a la sentencia de muerte de siete años que me impusieron los médicos en mi infancia y ahora debo lidiar con otra predicción o cronograma de mortalidad establecido. El incidente cardíaco provocó una lesión grave e irreversible en mi corazón, reduciendo su fracción de eyección (FEVI) al 26%. La tasa de mortalidad para aquellos con una fracción de eyección en por-ciento menos de 30 es de aproximadamente 3 años. Mi baja fracción de eyección es el resultado de que el corazón sufre un 25% de necrosis. En otras palabras, una cuarta parte de mi corazón está muerto. Ya he agotado los tres años del tiempo asignado. Al momento de escribir estas líneas, me acerco al sexto aniversario de esos dos episodios de Lázaro. Es posible que deba proporcionar una actualización en o alrededor de mi fecha de vencimiento ampliada. Hasta entonces continuaré mi camino satisfecho con la esperanza de que mi cita con la Parca se retrase al menos una o más veces.

Se me han proporcionado medidas de protección de "alerta temprana". Llevo un botón de alerta de emergencia alrededor del cuello la mayor parte del tiempo. Durante la noche, al lado de la cama, hay un dispositivo tipo teléfono celular en contacto constante con Biometrics, la empresa que me proporcionó el desfibrilador implantado. Si el dispositivo detecta un problema y el desfibrilador se activa, se envía una señal y, con suerte, la asistencia llegará a tiempo. También tengo un sistema CGM (monitoreo continuo de glucosa) en mi brazo. Suena una alarma si mi glucosa se vuelve crítica, ya sea alta o baja. Los niveles bajos te matan rápidamente y los niveles altos también matan, pero solo demoran un poco más.

Casualmente, tenía una póliza de seguro de vida por cien mil dólares que vencía exactamente un mes después de mi insuficiencia cardíaca. Expiró antes que yo y, como era de esperar, la compañía de seguros se negó a renovarlo. El beneficiario fue mi hermano, pero no quedó decepcionado…creo.

Ahogamiento en agua fría y congelado vivo

"El tiempo", dijo el Capitán, "no es lo que piensas". Se sentó al lado de Eddie. "¿Muriendo? No es el final de todo. Creemos que lo es. Pero lo que sucede en la tierra es sólo el comienzo". —Mitch Albom

La edad promedio de quienes experimentan reanimación es de 60 años o más. También hay casos bien conocidos de niños y adultos jóvenes que recuperan la vida después de ahogarse, especialmente en agua fría o congelados en nieve/hielo u otros ambientes muy fríos.

Este tipo de efecto Lázaro lo experimentan con mayor frecuencia niños y adultos más jóvenes.

John Smith 2015

Un caso de ahogamiento verdaderamente único fue adaptado a la película Breakthrough en 2019.

Brian y Joyce Smith adoptaron a un niño de Guatemala cuando era bebé. Lo llamaron John. Tuvo una infancia normal, disfrutaba del baloncesto y tenía amigos cercanos, incluida una novia llamada Abby. En 2015, cuando tenía 14 años, él y dos amigos, Josh y Rieger, decidieron ir a jugar el día de MLK a un lago aparentemente congelado cerca de su casa. Mientras jugaban, los tres cayeron a través del hielo.

Las unidades de rescate llegaron y lograron sacar a Josh y Rieger del agua y ponerlos a salvo sin complicaciones. John, sin embargo, se había hundido hasta el fondo del agua fangosa. Un rescatista ahora consideró esto como un esfuerzo de recuperación en lugar de una misión de rescate, ya que John estaba inconsciente y había estado sumergido por un tiempo. Un compañero rescatista pudo encontrar al tercer niño que ya no respondía y que ya había estado sumergido durante quince minutos y no había recibido RCP durante al menos veinte minutos y no tenía pulso legible durante otros veinticinco minutos en el camino al hospital.

El médico de urgencias de guardia en el hospital, que también es el padre de la novia del niño, le dice a la madre que se despida de su hijo. Sorprendentemente, el niño recupera el pulso cuando la madre se acerca a su cama. La madre, una cristiana devota, estaba orando a su lado cuando le detectaron el pulso. Ella cree en los milagros y confiaba en que Dios intervendrá para salvar a su hijo. Se expresan opiniones contrarias sobre las posibilidades de que John se recupere, pero el médico de urgencias, que también es experto en casos de ahogamiento, expresa su opinión científicamente fundamentada de que el niño no durará la noche. Sin embargo, si sobrevive, habrá un daño neurológico masivo y posible en su cerebro después de estar sin oxígeno durante un período prolongado. El padre del niño, no tan lleno de esperanza y fe como la madre, temía lo peor.

Parte de la información proviene de la trama de la película, pero investigaciones posteriores indican que John no tuvo pulso durante más de una hora y que técnicamente estaba muerto. "Sin respiraciones espontáneas. Sin tonos cardíacos. Básicamente, el cuerpo estaba frío y muerto. "Se había ido", dijo el Dr. Kent Sutterer, el médico de urgencias de turno ese día". -CBN

"... Los únicos factores médicos que realmente estuvieron a favor de John es que se trataba de un ahogamiento en agua fría", dijo el Dr. Jeremy Garrett... Él (también) dijo que bajar la temperatura corporal puede preservar la función cerebral, pero que "realmente no debería". "Esto no ha funcionado en el caso de John." Esto se debe a que el agua del lago estaba a solo 40 grados y la temperatura corporal de John solo bajó a 88 grados, lo cual no es lo suficientemente frío como para proteger adecuadamente el cerebro.

"Por lo general, le gustaría que hiciera más frío y, en realidad, le gustaría que la víctima fuera más pequeño", dijo el Dr. Garrett, "porque lo que realmente necesita que suceda es que el cerebro se enfríe antes de que se detenga el flujo sanguíneo". "Al cerebro. Entonces, que el cerebro de John se haya enfriado para estar protegido de la falta de flujo sanguíneo y de la falta de oxígeno es realmente un milagro en sí mismo, si eso hizo algo aquí". -Cincinnati.com

https://www.historyvshollywood.com/reelfaces/breakthrough/

https://www.imdb.com/title/tt7083526/plotsummary/

Esta historia del "regreso de entre los muertos" fue adaptada a la película "Breakthrough".

lanzado en 2019. Aunque algunos eventos se modificaron ligeramente para lograr un efecto dramático, es una historia real. Los cambios dramáticos giran en torno a la devoción religiosa de la madre, y ella y su pastor dan más crédito a la intervención divina que a la ciencia médica. A pesar de la diferencia de opinión al acreditar qué lado tuvo más influencia en la determinación del resultado, es una película entretenida y que invita a la reflexión. John finalmente se recuperó por completo, terminó la escuela y fue a la universidad para convertirse en ministro, demostrando que no había ningún daño permanente en su cerebro.

Justin Smith 2016

Mientras trabajaba en este libro. Me tomé un descanso y fui a una cita en la clínica de audiología del Hospital de Veteranos. Cuando me senté a hablar con el especialista en audición antes del examen, mencionó que en mi expediente constaba que yo era escritor. Respondí afirmativamente y luego me preguntó: "¿Sobre qué escribes?" Mencioné que actualmente estaba trabajando en un libro sobre el Efecto Lázaro. Se iluminó y dijo: "Conozco a alguien que experimentó eso". Entonces fue mi turno de encenderme. ¿Qué mejor fuente que un médico real que pueda brindar información de primera mano?

La historia que me contó fue una de las más interesantes y, si fuera un verdadero creyente, una de las más "milagrosas" de mi selección de historias clínicas. Debo decir, incluso más inusual que algunos de mis triunfos evitando la muerte permanente.

Un joven de 25 años se encontraba en un bar en un día nevado y extremadamente frío, cerca de su casa. en Hazleton, Pensilvania.

(Casualmente, yo tenía una propiedad en esa ciudad). Le informaron que el clima estaba empeorando y que debía irse temprano. Parece que se resbaló en el hielo y cayó en un banco de nieve durante el camino a casa y se desmayó. Los testigos afirman que salió del bar alrededor de las 9:30 p.m. Esa noche no llegó a casa. El padre se despertó por la mañana y descubrió que su hijo no estaba en su habitación. Su padre revisó su teléfono y encontró llamadas de la novia de Justin preguntando sobre su paradero. Ella tampoco sabía dónde estaba.

El padre preocupado se subió a su auto y fue a buscar a su hijo. Lo encontró poco después, enterrado en un banco de nieve, con sólo los pies sobresaliendo de la nieve profunda. La temperatura era de 4 grados bajo cero. El joven estaba congelado. El Sr. Smith llamó a una unidad de rescate, pero cuando llegó el equipo de EMT, cubrieron el cuerpo creyendo que estaba muerto. Incluso informaron por radio a los operadores que el joven aparentemente llevaba mucho tiempo muerto. No tenía latidos del corazón, ni temperatura, ni respiración. En el hospital tampoco hubo indicios de actividad cerebral.

En el hospital, el médico de urgencias, el doctor Coleman, se negó a pronunciarlo, ya que la práctica habitual es no "llamar" muerto a un cuerpo frío. Quería esperar hasta que el cuerpo estuviera caliente. Con la esperanza de que todavía hubiera una posibilidad, decidieron probar un tratamiento de hipotermia de vanguardia: drenando la sangre, filtrando el CO_2 que se había acumulado, calentando la sangre y bombeándola de regreso al cuerpo.

En un momento dado, mientras el cuerpo se calentaba, el cerebro mostró algunos signos de funcionamiento. Se probaron todos los métodos de reanimación y algunos no eran convencionales. Todo lo que intentaron aparentemente funcionó ya que Justin se recuperó casi por completo, excepto por perder todos los dedos de los pies y ambos meñiques debido a la hipotermia.

Mi médico del VA me mostró un vídeo de YouTube y nos tomamos un poco de tiempo para verlo. Cuando llegué a casa, encontré que YouTube tiene varios videos que describen este episodio, y aunque algunos de ellos tienen versiones ligeramente diferentes del evento, las variaciones mínimas no niegan la autenticidad de este bastante inusual Efecto Lázaro. He enumerado algunos de los enlaces a los videos que cuentan la historia desde diversos puntos de vista, incluidos médicos, padres, socorristas, reporteros y el propio Justin. Los hechos son que Justin estuvo congelado durante diez a doce horas, sin oxígeno, sin latidos del corazón y aún así se recuperó excepto por perder algunos dedos de manos y pies. La reanimación y recuperación de este joven fueron más sorprendentes que la mayoría de las que investigué, incluida la mía. Los enlaces no son necesarios para encontrar los vídeos. Simplemente conéctese a Youtube y busque John Smith o Justin Smith con palabras clave como "congelado vivo".

https://www.youtube.com/watch?v=BGwxAitvJT8
https://www.youtube.com/watch?v=uT0DaoZyf3I
https://www.youtube.com/results?search_
query=justin+smith+frozen+man
https://www.youtube.com/watch?v=XIV7TJwI-_s
https://www.youtube.com/watch?v=CK1lude7gjM

Criogénica

"Si realmente pensamos que el hogar está en otra parte y que esta vida es un 'andar para encontrar el hogar', ¿por qué no deberíamos esperar con ansias esa llegada?" - C. S. Lewis

Puede ser interesante e importante señalar que bajar la temperatura corporal en pacientes muy enfermos o programados para una cirugía grave se ha convertido en una práctica aceptada. El procedimiento ayuda a la curación y acelera la recuperación.

Acontecimientos como el de Justin Smith también han dado crédito a una teoría sobre la resucitación de cuerpos congelados. Se están realizando experimentos que congelan a las personas poco después de ser declaradas muertas después de que el corazón, los pulmones y el cerebro dejan de funcionar. El proceso criogénico debe comenzar lo más cerca posible de la declaración oficial de muerte para minimizar el daño celular que comienza poco después del último aliento. Debido al costo y la dificultad de congelar un cuerpo entero, dos tercios de los candidatos optan por preservar sólo la cabeza o el cerebro. Dado que la mayoría de aquellos que anhelan la inmortalidad a través de la ciencia de la criogenia son viejos, no quieren regresar a un cuerpo que padece las diversas enfermedades que acompañan al envejecimiento, como diabetes, artritis, músculos atrofiados y cualquier enfermedad mortal que sea más grave, responsable de su desaparición. Hay algunos personajes famosos a quienes supuestamente les congelaron y almacenaron la cabeza. Una de las fuentes indicó que Walt Disney no era uno.

La idea del almacenamiento criogénico estaba en sus inicios y no estaba lista para aceptar participantes. Actualmente existen algunas clínicas, pero la mayoría están en Gran Bretaña. Es un negocio en crecimiento. Hay alrededor de 250 cuerpos que ya están criopreservados en los EE. UU. y alrededor de 1500 más han aceptado participar en el proceso cuando llegue su momento. Esta actividad se lleva a cabo desde 2014. Los intentos anteriores, en los años 1960 hasta 1970, fracasaron y los cuerpos congelados fueron eliminados. No parece haber mucha confianza en que se logrará un éxito lo suficientemente pronto como para producir los resultados ofrecidos. Al (Inteligencia Artificial) experimento le queda un largo camino por recorrer antes de que los restos almacenados puedan ser revividos de forma segura. La idea actualmente no es económicamente viable. Ese problema no impedirá que las personas que algún día quieren volver a la vida se registren. La mayoría de los participantes son ricos y es posible que no les preocupe el costo de volver a la vida. Quienes estan en favor del método criónica sostienen que el cerebro no necesita permanecer activo para preservar la memoria. Esa creencia es contraria a la opinión popular. Las mejoras futuras en la tecnología de inteligencia artificial pueden ayudar a almacenar ingramas de memoria que se pueden cargar después de descongelar el cadáver. *¿Cuerpos congelados resucitados? La criogenia y la ciencia de la inmortalidad | Documental – Youtube*

Frozen Bodies Brought Back to Life? Cryogenics and the Science of Immortality | Documentary - YouTube Cryonics - Wikipedia "The Eternal Promise". The Verge. 2015. Archived from the original on 2023-03-26. Retrieved 2021-01-22.

Otros casos de Lázaro

*"Cada hombre debe hacer dos cosas solo; él debe hacer su propia
fe y su propia muerte.* – Martín Lutero

Hay decenas de casos en los que algunos han "vuelto a la vida" después
de aparentemente haber expirado. Un estudio reciente examinó informes
médicos sobre el fenómeno en los años comprendidos entre 1982 y 2018
y encontró más de 65 personas que volvieron a la vida. Dieciocho de ellos
se recuperaron por completo después de escapar de la Parca.

Estos son casos documentados, pero los investigadores creen que el
evento es más frecuente. Es posible que algunos médicos no informen
algunos casos para evitar vergüenza o demandas por negligencia.
Muchos de los pacientes murieron permanentemente después de
mostrar brevemente signos de vida. Ese informe abarca sólo de 1982 a
2018 pero eso no quiere decir que no hubo ninguno antes o después de
esos años. Por diversas razones, incluidas demandas por negligencia, los
médicos no se preocuparon demasiado o a menudo por las reanimaciones
espontáneas. Hoy en día se hace más énfasis en tener más cuidado al
declarar firmemente a los despidos permanentes. Yo, por mi parte, me
alegro de que mis médicos cardíacos en 2017 continuaran trabajando
en mí durante más de 85 minutos hasta que estuvieron seguros de que
estaba estable. Muy a diferencia de aquellos practicantes (?) que ni
siquiera se molestaron en pasar unos minutos antes de decirle a mi
padre que "llevatelo a casa, está muerto" allá por los años en los 1940's.

Hay demasiados casos para enumerarlos aquí y he excluido algunos
que murieron permanentemente poco después de los primeros o varios
intentos de reanimación. Los lectores interesados pueden encontrar más
historias y videos buscando usando la palabra clave Lázaro seguida de
efecto, síndrome o corazón.

5 de agosto de 2013, Bellbrook Ohio Un hombre de 37 años no respiraba normalmente y no respondía. Los servicios de emergencias médicas de rescate que intentaron realizar la RCP no detectaron pulso. Pudieron restaurar suficientes latidos del corazón para llevarlo a la sala de emergencias. Unas horas más tarde volvió a sufrir un paro cardíaco durante 45 minutos en el Centro Médico de Kettering. Fue declarado muerto después de que fracasaran los esfuerzos por reanimarlo. Su hijo fue a ver a su padre supuestamente muerto, pero vio un latido en el monitor cardíaco aún conectado. Los médicos reanudaron la RCP y el último intento resultó exitoso para el paciente. *"Un hombre de Ohio declarado muerto vuelve a la vida después de 45 minutos.* Autor: WFAA Staff Pub: 3:47 PM CDT 21 de agosto de 2013

Una niña de 11 meses en la UCI mantuvo a los cuidadores extremadamente ocupados. Probaron una reanimación cardiopulmonar agresiva, cuatro descargas en el corazón, siete dosis de adrenalina y múltiples bolsas de líquidos intravenosos. Pero el bebé permaneció plano y sin pulso. Fue declarada muerta. El pediatra permitió a los padres un poco de tiempo con su bebé antes de embolsarla. Después de 15 minutos, la madre pidió cargar al bebé y le quitaron un tubo de respiración. Entonces sucedió algo increíble. Poco después de que le extrajeran el tubo, empezó a respirar por sí sola y su corazón empezó a latir. El médico dijo que nunca había visto algo así. Aunque la niña se estabilizó, murió cuatro meses después en una clínica de cuidados intensivos. Muchos casos similares del fenómeno de Lázaro finalmente fallecen algún tiempo después, aproximadamente un tercio se recupera por completo. Según algunas encuestas, este milagro es más común de lo que generalmente se sospecha. Es posible que no se registre debido a cuestiones legales. -Ciencia Adam Hoffman 31 de marzo de 2016

Parece que las decisiones más difíciles para los médicos de la UCI y otros expertos médicos son cuándo detener la RCP o retirar el equipo de soporte vital, y también cuánto deben tiempo mantener una observación cuidadosa. En algunos casos, como el mío, la única pista era una contracción nerviosa apenas perceptible en el meñique.

Los nacimientos muertos son más comunes de lo esperado. De los 4 millones de bebés que nacen cada año, casi el diez por ciento necesitan reanimación. Había muchos más en la época en la que llegué, por lo que mi evento no fue tan inusual. El Programa de Reanimación Neonatal de 1987 desarrolló un plan para ayudar a los médicos a identificar a los bebés nacidos en peligro y reaccionar rápida y adecuadamente para reanimar y salvar al bebé. (Me pregunto a mi mismo, si el humo del cigarro es parte del procedimiento). Afortunadamente, pude sobrevivir sin necesidad de ese programa. Además, es una gran suerte para los niños nacidos después de ese año porque ahora hay al menos un plan o más preocupación por los bebés que antes eran descartados como insalvables.

Talkad s. Raghuveer, MD y Austin J. Cox, MD - Soy un médico familiar. 2011;83(8):911-918

Uno de los casos más antiguos reportados incluía a una mujer llamada Condesa Emma. Se casó con el rico conde de Mount Edgcumbe en 1761. Al parecer, la condesa murió poco después de la boda. Fue enterrada con un valioso anillo. Un sacristán (empleado de la iglesia: campanero, cuidador y, a veces, sepulturero), espiando la familia notó el anillo durante los preparativos del entierro. Regresó después del anochecer, desenterró el ataúd y en el proceso, la condesa "despertó". El aterrorizado ladrón de tumbas huyó ante la inesperada resurrección. Luego, la condesa salió del ataúd y caminó media milla de regreso a su propiedad. Su inesperada aparición conmocionó a todos los que creían que había muerto. La ruta que tomó de regreso a su casa ahora se conoce como el Camino de la Condesa. Emma murió permanentemente en 1807.

https://historycollection.com/author/alexa/

Una historia más reciente de regreso de entre los muertos es la de un hombre de Venezuela que fue declarado muerto y trasladado a la morgue. Carlos Camejo, de 33 años, fue declarado muerto después de un accidente de carretera y llevado a la morgue, donde los examinadores comenzaron una autopsia solo para darse cuenta de que algo andaba mal cuando comenzó a sangrar. Rápidamente intentaron coserle la incisión de la cara.

"Me desperté porque el dolor era insoportable", dijo Camejo, según un informe del viernes en el importante periódico local El Universal.

Su afligida esposa se presentó en la morgue para identificar el cuerpo de su marido y lo encontró trasladado a un pasillo... y vivo.

Reuters no pudo comunicarse de inmediato con los funcionarios del hospital para confirmar los hechos. Pero Camejo mostró al diario su cicatriz facial y un documento ordenando la autopsia. – Reuters

"El fenómeno de Lázaro es un evento que no se reporta en gran medida", señala el cirujano maxilofacial Dr. Vaibhav Sahni Sage Journals 2016

Aquí hay una breve lista de casos reportados del Sindromo Lázaro con varios cronogramas de recuperación y supervivencia.

Sólo alrededor de 63 (este número ha aumentado desde que se informó por primera vez esta historia) casos de síndrome de Lázaro se han documentado en revistas médicas. Algunos de estos casos han aparecido en los titulares de las noticias, como:

En Ohio, un hombre de 37 años se desplomó en su casa. En el hospital, su corazón se detuvo y lo declararon muerto a pesar de 45 minutos de RCP. Varios minutos después, su familia notó que su monitor mostraba un ritmo cardíaco. Una semana después, se encontraba lo suficientemente bien como para regresar a casa.

Una mujer de 20 años en Detroit fue declarada muerta después de 30 minutos de RCP. La llevaron a la funeraria donde el personal descubrió que respiraba. Fue tratada en el hospital pero murió permanentemente 2 meses después.

Un británico de 23 años fue declarado muerto después de una RCP fallida. Unos 30 minutos después, un sacerdote le dio los últimos ritos y notó que respiraba. Murió en el hospital 2 días después.

https://www.healthline.com/health/lazarus-syndrome

Vedamurthy Adhiyaman, un médico geriátrico, desarrolló un interés en el efecto Lázaro después de participar en un caso a principios de la década de 2000. Él y su equipo realizaron RCP a un hombre de unos 70 años durante unos 15 minutos sin resultados positivos.

"No hay un período de tiempo definido sobre cuánto tiempo se debe intentar la RCP antes de suspenderla", dice Adhiyaman. "Realmente varía según el caso". El médico no hizo la llamada de inmediato; un miembro de su equipo le dijo a la familia que el paciente estaba muerto. Parece que los acontecimientos no estaban tan claros. "Después de unos 15 a 20 minutos, empezó a respirar", recuerda Adhiyaman. "Pero permaneció inconsciente en coma durante los dos días siguientes hasta que murió al tercer día".

La familia demandó al médico por "atención deficiente". "Fue por esa época que comencé a investigar este fenómeno, porque tenía que mostrar evidencia de que estas cosas sí suceden", dice.

El médico investigó los registros médicos y encontró 38 casos del fenómeno de Lázaro, lo que fue suficiente para exculparlo de negligencia.

El Dr. Adhiyaman publicó su reseña en el Journal of the Royal Society of Medicine. Encontró que, en promedio, estos pacientes regresaron de las puertas de la muerte siete minutos después de suspender la RCP, aunque la vigilancia estrecha en muchos casos fue inconsistente. Tres pacientes quedaron desatendidos durante varios minutos y uno de ellos llegó hasta la morgue del hospital antes de ser descubierto con vida.

El análisis de Adhiyaman también mostró que estos resultados positivos no se vieron realmente afectados por la duración de la RCP o la cantidad de tiempo que tardaron los pacientes en auto-rreanimarse.

Es raro volver de la experiencia. En 2010, un equipo de la Universidad McGill realizó una revisión de informes y encontró solo 32 casos del fenómeno de Lázaro.

 desde 1982. Ese mismo año, un equipo alemán encontró 45 artículos sobre el tema. Muchos de los mismos casos aparecen en ambos informes.

Además, informes recientes sugieren que es posible que el evento no se registre. Un estudio de 2013 mostró que aproximadamente la mitad de todos los médicos de urgencias franceses admitieron haber tenido que lidiar con un caso de autoresuscitación durante su carrera, mientras que, según una encuesta de 2012, más de un tercio de los médicos canadienses de cuidados intensivos informaron haber manejado al menos un caso. Es posible que algunos médicos no realicen informes oficiales para evitar consecuencias legales y profesionales preocupantes. También está el problema de la privacidad.

Patrick J. Oneill Ph.D. MARYLAND. FACS del Arizona Trauma and Acute Care Consortium (AZTRACC) en un video de YouTube detalla varios hechos del "raro pero real" Efecto Lázaro. El médico hace un mejor trabajo que yo en un vídeo de YouTube, describiendo el síndrome de Lázaro. Detalla varios eventos, algunos de los cuales participó. Explica algunas causas sospechosas. Una posibilidad se llama Auto Peep, o presión positiva al final de la espiración causada por la acumulación de aire debido a que no se exhala completamente antes de tomar la siguiente inspiración. El aire queda atrapado cuando el paciente no puede exhalar y el proceso respiratorio es limitado, lo que interfiere con el retorno de la sangre al corazón. Otro factor puede implicar la infusión de medicamentos en el paciente, pero hay una reacción retardada cuando los medicamentos "se ponen al día" y crean un efecto acumulado repentino. Patrick J. Oneill Ph.D. MARYLAND. FACS del Consorcio de Atención Aguda y Traumatología de Arizona (AZTRACC) YouTube

Primo Ed

Mientras editaba el libro antes de su publicación, ocurrió un incidente en mi familia que merece ser mencionado, ya que es un evento claramente relacionado con el síndrome de Lázaro. Un primo, 10 años más joven que yo, fue al hospital para un procedimiento quirúrgico que incluía una cirugía de bypass en su pierna izquierda. El bypass de extremidades inferiores se considera una cirugía mayor y conlleva riesgos significativos según la gravedad de la obstrucción y la longitud de la incisión. En el caso de mi primo, el corte fue desde el tobillo hasta la ingle. La cirugía en sí fue exitosa, sin embargo, sufrió 4 ataques cardíacos en 3 horas en la sala de recuperación de la UCI. Fue reanimado las cuatro veces.

Los médicos dijeron que el pronóstico no era muy reconfortante. La familia tuvo una opción. La cirugía de bypass cardíaco estaba indicada, pero sería extremadamente peligrosa en su condición, especialmente después del daño a su corazón causado por los infartos repetidos. Sus posibilidades de supervivencia eran escasas con o sin intervención quirúrgica adicional, pero la probabilidad de supervivencia era ligeramente mayor si los intentos de bypass funcionaban. Necesitaba un bypass cuádruple. La familia aceptó el intento de reparar las obstrucciones. Tardaron seis horas más en completar la ardua tarea, pero cuando terminó, todavía estaba vivo. Ahora se encuentra en coma inducido después de dos días. Su estado todavía se considera crítico, pero todos tenemos la esperanza de que, después de un largo descanso, mejore.

Algunos expertos recomiendan que la RCP que se prolonga más de lo habitual se detenga durante unos diez segundos para evitar el "pío" (presión positiva al final de la espiración) descrito anteriormente.

Otro término relacionado mencionado por el Dr. Patrick J. Oneill es el Taxón Lázaro que se refiere a la reaparición de registros fósiles después de un período de extinción. Esto puede significar que una especie que se creía extinta se descubre en un período de tiempo mucho más tardío; parece que incluso los animales, prehistóricos y actuales, parecen beneficiarse de una revivificación espontánea.

Durante mi investigación encontré este aviso:

Una nota de la Clínica Cleveland

"Si bien el efecto Lázaro es poco común, la RCP y los intentos de salvar la vida de alguien ocurren en el mundo médico todos los días. Por lo tanto, leer sobre este fenómeno puede ser un buen recordatorio para aprender más sobre el soporte vital y los cuidados al final de la vida. Hable con su proveedor sobre sus opciones y cómo poner sus preferencias por escrito". – Clínica Cleveland, Ohio Mi Clínica Cleveland.org

El Dr. Adhiyaman publicó su reseña en el Journal of the Royal Society of Medicine. Encontró que, en promedio, estos pacientes regresaron de las puertas de la muerte siete minutos después de suspender la RCP, aunque la vigilancia estrecha en muchos casos fue inconsistente. Tres pacientes quedaron desatendidos durante varios minutos y uno de ellos llegó hasta la morgue del hospital antes de ser descubierto con vida.

La gran mayoría de los pacientes murieron poco después de la autorresucitación, pero el 35 por ciento finalmente fue enviado a casa sin consecuencias neurológicas significativas. El análisis de Adhiyaman también mostró que estos resultados positivos no se vieron realmente afectados por la duración de la RCP o la cantidad de tiempo que tardaron los pacientes en autorreanimarse. Adhiyaman V, Adhiyaman S y Sundaram R. El fenómeno de Lázaro. Revista de la Real Sociedad de Medicina, 2007. 100(12): 552-557.

Otra cuestión a considerar en los casos del Efecto Lázaro es el cronograma del donante de órganos. ¿Actúan demasiado rápido para extraer los órganos necesarios o esperan demasiado?

Una historia en Good Morning America (GMA) presentó a Trenton Mckinley, de 13 años, que sufrió siete fracturas de cráneo en un accidente. Su corazón se detuvo durante 15 minutos y fue declarado con muerte cerebral. Creyendo que ya no había esperanza, sus padres firmaron papeles para donar los órganos de su hijo. Cinco receptores de órganos esperaban los órganos utilizables de Trenton. El niño comenzó a respirar espontáneamente y se recuperó rápidamente. Recuperó la cognición completa en 48 horas. Si bien la familia lo llamó un milagro, el médico que lo trató sugirió que las áreas ilesas del cerebro del niño "se reconectaron y compensaron" las partes dañadas de su cerebro.

Releyendo, acabo de notar que es posible que el Hospital de la Universidad Johns Hopkins no acepte compartir órganos. Olvidé que tienen prioridad sobre mis restos debido al estudio de longevidad al que pertenezco. Puede haber piezas que no necesitarán para su evaluación final. Me pregunto si alguna pieza que continúe prestando servicio a otra persona contaría como si estuviera viva. Creo que ha habido películas basadas en esa premisa. w

El fenómeno de Lázaro, explicado: por qué a veces los difuntos aún no están muertos

¿Qué tiene que ver la RCP con el curioso caso de pacientes clínicamente muertos que "vuelven a la vida"? Adam Hoffman 31 de marzo de 2016

El doctor Patrick J. Oneill, citado anteriormente, mencionó en su presentación que a los pacientes que se cree que están muertos se les debe realizar una prueba de "CO2 al final de la espiración" o una prueba de dióxido de carbono exhalado, que indica la función metabólica restante. La premisa es que, dado que el CO2 se produce como subproducto o desecho después de que las personas respiran oxígeno, el proceso de respiración sigue funcionando pero a un nivel más bajo.

Ecuador: Una mujer fue retirada de su ataúd durante su velorio después de que su familia escuchó golpes desde el interior del ataúd 5 horas después del velorio. La mujer fue trasladada de urgencia al hospital. Las agencias gubernamentales están investigando.

Estados comatosos

"No hay infierno como llorar la pérdida de un ser querido que aún está vivo" - Pinterest

Terri Schiavo

Este caso no fue una situación del Efecto Lázaro por completo, pero resalta los problemas que enfrentan las familias y las autoridades legales cuando una persona cae en un "estado vegetativo persistente" irreversible. En 1990, a los 26 años, el corazón de la joven dejó de latir pero fue reanimado. Lamentablemente, debido a la falta de oxígeno, sufrió graves daños cerebrales. Cayó en estado de coma y después de dos meses y medio no mostró ninguna mejoría. Los médicos diagnosticaron que se encontraba en estado vegetativo persistente. Continuaron varios esfuerzos terapéuticos, fonoaudiológicos, físicos y ocupacionales, además de otros métodos considerados experimentales sin resultados positivos. Los procedimientos no lograron producir ningún nivel de conciencia.

Ocho años más tarde, en 1998, su esposo Michael presentó una demanda en un tribunal de Florida para retirarle la sonda de alimentación, como lo permiten los estatutos de Florida. Sus padres se opusieron a la intervención. Sin embargo, el tribunal coincidió con el marido en que ella no habría querido simplemente existir en estado de coma. Después de la orden judicial, el 24 de abril de 2001 se retiró la sonda de alimentación. Unos días después se reanudó la alimentación. Aproximadamente cuatro años después, un juez del condado ordenó que se retirara nuevamente el tubo. La expulsión se retrasó debido a varias apelaciones y la participación de tribunales federales. Los tribunales federales finalmente aceptaron la orden judicial original y el tubo de Schiavo fue retirado el 18 de marzo de 2005. Ella murió 13 días después. Este caso apareció recientemente en un documental de HBO. El caso finalmente involucró no sólo a los tribunales federales sino también al Congreso, el Senado e incluso al

Presidente de los Estados Unidos. Hubo numerosas manifestaciones y mítines en todo el país que enfrentaron a los partidarios de la vida contra los grupos pro-elección. *Entre la vida y la muerte: la historia de Terri Schiavo* Peacock, MSNBC 3 de diciembre de 2023

Hutchinson, Kansas. Septiembre de 1984. Lo siguiente técnicamente no califica como una reanimación, pero fue un evento que, para mí, fue un destino peor que la muerte y mucho más perturbador que cualquier situación que me haya sucedido. Sarah Scantlin, una estudiante universitaria de 18 años, caminaba a casa con su mejor amiga, Laurie, cuando fue atropellada por un automóvil y enviada volando por el aire, antes de golpear el suelo, fue atropellada nuevamente por un automóvil que iba en la dirección opuesta. Sarah sufrió múltiples lesiones graves en la columna y la cabeza. Fue transportada en helicóptero a una unidad de cuidados intensivos a 45 minutos de distancia. Los médicos realizaron numerosos procedimientos quirúrgicos en su columna vertebral y su cerebro, incluido el corte de partes del área de Broca en el lóbulo frontal, que también es el área vinculada a la producción del habla. Sarah nunca recuperó el conocimiento y permaneció en coma durante 20 años; más tiempo que cualquier otra persona registrada. La familia decidió continuar el tratamiento a pesar del alto coste que casi los llevó a la quiebra.

Su mejor amiga, Laurie, la visitó regularmente durante los veinte años. En una visita en enero de 2005, Laurie encontró a Sarah despierta y hablando, pero con dificultad. No podía moverse debido a que sus articulaciones se habían fusionado durante su largo estado de coma. Sarah no era consciente del paso del tiempo y no entendía por qué su amiga parecía tan mayor. La familia estaba encantada de que su hija se hubiera despertado. El episodio de YOUTUBE proporciona más detalles y momentos conmovedores. Sarah continuó su atención en el centro en el que había vivido durante los últimos 20 años. Vivió otros once años mas.

Hoy en día, la mayoría de los hospitales ofrecen a los pacientes la posibilidad de elegir lo que quieren que se haga en caso de que requieran reanimación o esfuerzos extremos para mantener la vida. El formulario DNR generalmente lo firma el paciente, pero un cónyuge o un familiar también puede participar en la decisión. Esto también puede ayudar a tomar la decisión deseada en situaciones en las que el paciente entra en un estado vegetativo persistente. A veces se justifica un retraso si el paciente es donante de órganos y tiene órganos viables. Para evitar involucrar a los tribunales, la mayoría de las personas deberían considerar un poder médico que pueda interceder si un posible paciente no quiere permanecer en estado vegetativo a largo plazo.

Aunque he mostrado una tendencia a recuperarme de eventos médicos graves, mis dos nietos mayores tienen instrucciones y autoridad para "desconectarme" si el EEG muestra un cerebro no funcional. A mi edad, no creo tener ningún órgano que alguien más quisiera. Pero, si es necesario, pueden estar disponibles a menos que hayan pasado la fecha de caducidad.

He estado en estado de coma dos veces. El primero durante unos tres días y el segundo, años después, durante unos once días. Ninguno de los dos causó ningún daño permanente, aunque ahora creo que el primero borró parte de la memoria. Mencioné este incidente en el capítulo titulado "Casi-Casi".

Como he experimentado al menos dos comas profundos, me siento capacitado para comentar sobre la experiencia. En la primera tenía 15 años. Duró sólo tres días y no recuerdo nada inusual. De hecho, no recuerdo nada en absoluto. Fue lo más cercano a estar muerto ya que no tengo nada que recordar que pueda documentar. El segundo fue un poco diferente. La causa fue mucho más grave que un golpe en la cabeza. De hecho, visité el más allá por un corto tiempo, pero no recuerdo ninguna luz que me llamara ni ningún evento paranormal. Tampoco experimenté ninguna observación "extracorporal". Generalmente se les llama ECM o experiencias cercanas a la muerte. La mayoría de los míos no calificaban como casi muertos, sino realmente muertos.

Pero recuerdo sueños, una serie de ellos. Eran inusuales debido al tema principal de las aventuras inconscientes. Primero, la mayoría de los sueños presentaban un banco en particular; uno en el que no tenía cuenta. Cuando salgo de mi casa para hacer un recado, normalmente me dirijo hacia el oeste durante una cuadra y giro a la izquierda en el primer semáforo. Uno de los primeros edificios que noto es un banco verde y blanco. Se mantendrá en el anonimato ya que no es necesario darles publicidad gratuita. Lo veía con frecuencia, a veces varias veces al día. En un sueño, rodaba hasta el banco en silla de ruedas pero no podía hablar con un tubo respiratorio en la garganta, que me ayudó a respirar en la vida real durante mi estado comatoso en cuidados intensivos. Como no tenía voz, escribí una nota pidiendo un retiro. El cajero, asumiendo que yo tampoco podía oír, escribió una nota indicando que no tenía una cuenta en su banco. No podía negarlo, así que me alejé rodando.

En otro sueño, en el mismo banco, estaba esperando en la fila para recibir servicio (sin silla de ruedas) y sufrí una emergencia médica. Cuando llegó la unidad de rescate, me colocaron en el mostrador del banco para recibir tratamiento de emergencia. Salí del sueño sin saber el resultado.

Los otros sueños presentaban a mi hijo y a mi nieto menor; preferiría no publicar esos sueños. No fueron controvertidos, sino más bien de naturaleza personal que compartí sólo con ellos. Lo curioso es que esos sueños incluían también al banco en cuestión. Otros sueños se parecían más a pesadillas. Veía miles de insectos, más bien grandes cucarachas arrastrándose por las paredes de las habitaciones del hospital. Otros involucraron a docenas de ratas corriendo por el suelo de la habitación. Estas evolucionaron hasta convertirse en alucinaciones después de un despertar supuestamente provocado por la infusión de múltiples medicamentos.

Otro evento digno de mención tiene que ver con la posible actividad neurológica mientras inconsciente. Mi nieta mayor me visitaba a diario. Dijo que se sorprendía cuando durante algunas visitas ponía mis canciones favoritas en su teléfono celular mientras sostenía mi mano y yo a veces le apretaba la mano cuando sonaba una de mis canciones favoritas en particular. Se lo mencionó a los médicos que la atendieron y dijeron que era una buena señal. No recuerdo haber escuchado las canciones ni el apretón de manos, pero no dudo de su historia.

Después del tratamiento y semanas de terapia y de poder viajar, lo primero que hice fue abrir una cuenta en el banco que aparecía en mis sueños. No surgió nada inusual, pero espero que signifique algo. También abrí una cuenta para mi nieta, quien ayudó a cuidar a mi madre y después de mi problema nos cuidó a ambos durante meses con poco o ningún salario. Estaré agradecido mientras viva.

Hay programas disponibles que representan casos de niveles comatosos. Un documental de HBO titulado "COMA" sigue a cuatro pacientes en varias etapas. Las etapas incluyen falta de respuesta, capacidad de respuesta temprana, agitación y confusión, y niveles más altos de capacidad de respuesta. Las etapas más graves incluyen una capacidad de respuesta mínima y un estado vegetativo permanente.

En 1994, una revisión de 700 pacientes descubrió que ninguno recuperó la conciencia después de dos años en un estado vegetativo permanente.

Cuanto más investigo, El síndrome de Lázaro se vuelve más espantoso e incluso más temible. A veces es aún más difícil de diagnosticar. Hay condiciones médicas que pueden desafiar a los médicos más capacitados e incluso a sus equipos de alta tecnología.

Benjamín Franklin dijo una vez: *"En este mundo nada es seguro excepto la muerte y los impuestos"*.

En hospitales, clínicas u hospicios, ser declarado muerto no siempre es una conclusión absoluta y definitiva, tan segura como se supone que debe ser. Tampoco es una decisión tan fácil de tomar. Hay varios niveles de coma o etapas catatónicas. Algunos incluso pueden desconcertar los escánceres cerebrales.

Uno es la catalepsia, un estado similar al trance que ralentiza la respiración, reduce la sensibilidad y deja a alguien totalmente inmóvil. La afección puede durar desde minutos hasta semanas. Se cree que es una complicación de la epilepsia y la enfermedad de Parkinson.

Otra condición parece ser la más terrible de todas. Un paciente en una condición conocida como síndrome de enclaustramiento es consciente de su entorno, pero está totalmente paralizado a excepción de los músculos que mueven los ojos.

En 2014, The Daily Mail informó sobre Kate Allatt, británica de 39 años, que padecía el síndrome de enclaustramiento. Ignorantes de la situación de la señora, los médicos declararon muerte cerebral. Los médicos, familiares y amigos que estaban junto a su cama consideraron cuándo sería el momento de desconectar y finalizar el soporte vital. Sin que los asistentes lo supieran, Allatt escuchó todo lo que se decía cerca de ella. Desafortunadamente, no pudo decirles que estaba consciente pero que no podía moverse ni llamar la atención sobre su condición inmóvil de ninguna manera. Kate Allatt sobrevivió a su terrible experiencia y se convirtió en defensora de las víctimas de accidentes cerebrovasculares. "El síndrome de encierro "locked in" es como estar enterrado vivo", dijo Allatt. "Puedes pensar, tú puedes sentir, puedes oír, pero no puedes comunicar absolutamente nada".

The Daily Mail.com 2014 Mail.com 2014
www.Don'tlowetyourexpectations.com
www.KateAllatt.com

La señora se recuperó por completo. Ha escrito tres libros y es un defensor de los accidentes cerebrovasculares y de los pacientes comatosos, entre otros.

Algunos casos más de Lázaro

La muerte puede ser la mayor de todas las bendiciones humanas" – Sócrates

El corazón de Janina Kolkiewicz dejó de latir y no respiraba. A los 91 años de edad fue declarada muerta. Al parecer, ella no estaba lista para partir. Once horas más tarde, se despertó en la morgue del hospital con ganas de tomar té y tortitas. Por increíble que parezca, Kolkiewicz es sólo uno de los muchos que se cree que "resucitó de entre los muertos". - The Associated Press · Publicado: 14 de noviembre de 2014

En 2001, un hombre de 66 años sufrió un paro cardíaco mientras era operado de un aneurisma abdominal. Después de 17 minutos de intentos de utilizar RCP, desfibrilación y fármacos, sus signos vitales no se reiniciaron. Fue pronunciado pero diez minutos después el cirujano le detectó pulso. La operación se reanudó y resultó exitosa.

En 2014, un hombre de 78 años de Mississippi fue declarado muerto cuando una enfermera de cuidados paliativos lo encontró sin pulso. Al día siguiente, se despertó en una bolsa para cadáveres en la morgue._- _El fenómeno Lázaro: cuando los 'muertos' vuelven a la vida_ (medicalnewstoday.com)

Algunas de estas historias parecen más apropiadas en películas de terror, pero son casos reales del síndrome de Lázaro.

En 2014, se conoció la triste historia de una señora de 80 años que fue "congelada viva" en la morgue de un hospital después de haber sido declarada muerta erróneamente.

Ese mismo año, un hospital de Nueva York fue criticado por declarar erróneamente que una mujer tenía muerte cerebral después de una sobredosis de drogas. La mujer "volvió a la vida" poco después de llegar a un quirófano para la sustracción de órganos.

Este tipo de casos pueden hacer que uno se pregunte cómo es posible declarar erróneamente a una persona como muerta.

Hay dos tipos de muerte: muerte clínica y muerte biológica. La muerte clínica se define como la ausencia de pulso, latidos del corazón y respiración, mientras que la muerte biológica se define como la ausencia de actividad cerebral. *El fenómeno Lázaro: cuando los 'muertos' vuelven a la vida* (medicalnewstoday.com)

Al observar estas definiciones, se podría suponer que sería fácil saber cuándo una persona realmente ha fallecido, especialmente en el sistema médico actual donde se utilizan equipos de diagnóstico, computadoras, electrocardiógrafos, electroencefalogramas, tomografías computarizadas y otras herramientas técnicas, pero en algunos En muchos casos, no ha sido tan sencillo.

La hipotermia puede hacer que los latidos del corazón y la respiración se vuelvan más lentos, hasta el punto de que sean casi indetectables. Se cree que la hipotermia llevó a declarar muerto a un bebé en Canadá en 2013.

En ese caso, el bebé nació en la calle bajo temperaturas gélidas. Los médicos no pudieron encontrarle el pulso y el bebé fue declarado muerto. Dos horas después, el bebé empezó a moverse.

El Dr. Michael Klein, de la Universidad de Columbia Británica en Canadá, dijo que la exposición del bebé a temperaturas tan frías puede explicar la situación. "Toda la circulación se habría detenido, pero el frío podría proteger la condición neurológica del niño".

Nota: Muchos médicos se niegan a admitir que las personas que pasaron por la experiencia de Lázaro realmente murieron desde que volvieron a la vida o que simplemente hubo un retraso en la reanudación del flujo sanguíneo después de la RCP. Sostienen que "llamar" (declarar) a una muerte y anotar la hora fue prematuro o un error de juicio. Ese puede ser el caso en algunas situaciones en las que el flujo sanguíneo se reanuda después de unos minutos, pero no creo que tengan ninguna explicación cuando el paciente está sin signos vitales mensurables durante horas o más.

NOTA: El Efecto Lázaro incluso ha llegado al ámbito de los cómics. Lazarus Pits de DC comics está de moda ahora. Se trata de superhéroes muertos que vuelven a la vida en el Universo DC, pero regresan favoreciendo el lado oscuro. Volvió mal: *¿Qué está pasando con The Lazarus Pit?* (Pozos de Lazaro)Andrew Henderson 1 de junio de 2022

Tafofobia
Miedo a ser enterrado vivo

"La vida es estresante, querida. Por eso dicen "Descanse en paz". – David Mazzucchelli

El miedo a ser enterrado vivo era tan frecuente en los siglos XVIII y XIX que el negocio de los "Ataúdes de Seguridad" se hizo muy popular. También es el único evento que realmente temo. No creo que nada pueda ser más horripilante que despertarse a dos metros bajo tierra sin posibilidad de escapar. Definitivamente ese sería mi último despertar.

En la vida real e incluso en la literatura de ficción el tema ha prevalecido en la mente de los humanos.

"¡Y si en la tumba me despierto!" - Dijo Julieta en Romeo y Julieta de Shakespeare. El sentimiento de miedo provoca una aprensión definitiva de tafofobia, o miedo a ser enterrado vivo. Esa fobia era y sigue siendo muy común. Lo fue aún más en la era anterior a las prácticas médicas más avanzadas. Algunas de las personas más famosas que sufrieron ese temor incluyen a Hans Christian Andersen, quien pidió que le cortaran las venas después de que lo declararan muerto, George Washington, Alfred Noble y el compositor Fredric Chopin, quien dictó enérgicamente que le quitaran el corazón antes del entierro para asegurarse. no volver a la vida en un ataúd sellado. Teniendo en cuenta las experiencias pasadas, personalmente tengo un poco de fobia a encontrarme sepultado sin posibilidad de escapar. Le he informado a mi nieto y a mi nieta mayores que deseo ser incinerado después de esperar un período de tiempo suficiente. Incluso he dicho en broma que esperen hasta que empiece a apestar. Me imagino que si Jesús resucitó al primer Lázaro incluso después de que comenzó a pudrirse, no debería avergonzarme por un poco de olor corporal.

https://en.wikipedia.org/wiki/File:Wiertz_burial.jpg Esta obra es de dominio público en los Estados Unidos porque fue publicada (o registrada en la Oficina de derechos de autor de los EE. UU.) antes del 1 de enero de 1928.

La prevalencia de enfermedades como el cólera y la propagación de infecciones bacterianas en una época en la que los antibióticos y antimicrobianos no estaban fácilmente disponibles o ni siquiera se descubrieron, dejaron a muchas personas muy enfermas y también aterrorizadas de ser declaradas muertas prematuramente. Muchos médicos, aún así, colocan un estetoscopio encima del corazón y lo retiran en unos segundos. Creo que esa era la práctica cuando los médicos que me atendieron hace unos 75 años, escucharon brevemente y luego dijeron: "No, está muerto, no tiene latidos, ¡sáquenlo de aquí!".

Esta fue también la era de las prácticas médicas poco confiables. Las ideas ingeniosas ayudaron a tranquilizar a quienes tenían mucho miedo de un entierro demasiado pronto. Un invento inteligente fue el "ataúd de seguridad". Estaba equipado con un acolchado de algodón para mayor comodidad, un tubo de alimentación, una complicada disposición de cables conectados a campanas y una trampilla de escape. Algunos diseños ignoraron u olvidaron la necesidad de oxígeno. No encontré ningún incidente en el que una campana adjunta rescatara a nadie.

Algunas personas agregaron solicitudes a sus testamentos solicitando pruebas para verificar la muerte. Estas solicitudes incluían verter líquido caliente sobre la piel y cortarla. Algunos querían una palanca y una pala, además de campanas. Otros fueron enterrados con fuegos artificiales y banderas para que la gente que pasaba supiera que se necesitaba ayuda.

En 1791, Robert Robinson de Manchester fue enterrado en un mausoleo equipado con una puerta única que el vigilante podía abrir desde el exterior. El interior del ataúd era un panel de vidrio que se podía quitar. A la familia del hombre del ataúd se le había pedido que inspeccionara el cristal en busca de signos de condensación. Si hubiera alguna evidencia de respiración, podrían sacarlo rápidamente. El primer ataúd de seguridad real se atribuye al duque Fernando de Brunswick. En 1792 lo colocaron en un ataúd con un tubo de aire, una ventana para proporcionar luz y una llave en el bolsillo que encajaba en la cerradura de la tapa del ataúd. Ese es el tipo de ataúd que me gustaría.

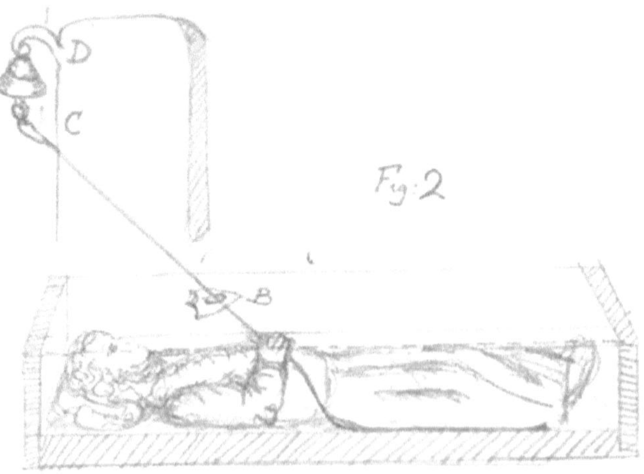

Los ataúdes de seguridad podrían evitar que las personas mueran después de ser enterradas vivas. WordPress.

Tardígrade

Tomando un descanso de los humanos que desafían a la muerte, me encontré con quien podría ser el principal superviviente del mundo. La criatura se llama tardígrado. Sólo traigo esta información porque cuando se habla de habilidades de supervivencia o de desafío a la muerte, nada ni nadie puede superar a esta minúscula criatura.

Un invertebrado del tamaño de un pequeño punto nombrado por un zoólogo alemán (Johann August Ephraim Goeze) en 1773 como "Kleiner Waasserbar" o Pequeño Oso de Agua, también conocido como Moss Piglet. Estas pequeñas criaturas pueden sobrevivir en condiciones que matarían a los humanos en segundos o minutos. Pueden soportar calor y frío extremos, la presión del agua en las partes más profundas del océano, la exposición a muchos tipos de radiación e incluso el vacío del espacio. La especie ha sobrevivido a los cinco eventos de extinción masiva registrados. Las investigaciones determinan que existen desde hace más de cien millones de años. También tienen un talento casi exclusivo para reparar su propio ADN. Pueden utilizar una versión de hibernación conocida como "tun" que puede durar décadas. Su esperanza de vida es de sólo dos o tres años, pero pueden suspender su vida activa al entrar en el proceso "tun" y reanudar su existencia cuando mejoran las condiciones problemáticas. Se sabe que permanecen en estado de hibernación durante más de 30 años. Se sospecha que son el animal más resistente del universo. No estoy seguro de cómo esa afirmación tiene alguna evidencia que la respalde, ya que sólo se ha insinuado la existencia de vida extraterrestre. Si bien no dudo que existan formas de vida extraterrestres, esperaré la verificación.

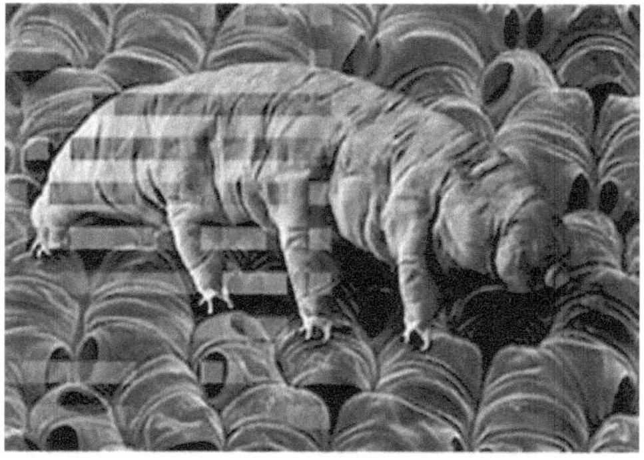

en.wikipedia.org/wiki/Tardigrade

Vida después de la muerte

"Nuestros muertos nunca están muertos para nosotros, hasta que los hayamos olvidado" – George Eliot

Este es un tema en el que hay muchas opiniones. Cada creencia religiosa ofrece una historia del inicio del mundo y de la humanidad, así como de lo que viene después de un período de existencia terrenal. En realidad, nadie sabe con certeza si hay algo después de que uno respira por última vez, y me refiero a un ÚLTIMO aliento.

Yo tampoco lo sé, pero puedo examinar algunas de las diversas ideas que abarcan el principio y el final. Las creencias profundamente arraigadas (especialmente creídas religiosas) de la mayoría de las personas dependen del lugar donde nacieron o del adoctrinamiento de sus padres. Es cierto que muchos cambian sus sistemas de creencias más adelante en la vida debido a una epifanía, un matrimonio, la influencia de sus pares, una investigación personal o la dominación de una secta. Algo así como la política.

Hay demasiadas historias de origen para cubrirlas aquí, pero dado que el tema principal del libro trata sobre la vida y la muerte, este capítulo examina las diferentes opiniones sobre lo que realmente puede suceder después de morir definitivamente.

Los primeros humanos, los neandertales por ejemplo, comenzaron a desarrollar una conciencia espiritual y enterraban a sus muertos, a veces añadiendo flores, adornos y objetos personales o armas. Las pinturas murales rupestres representan principalmente manos, animales o cacerías, pero ninguna ofrece pistas de sus expectativas más allá de la muerte.

Cuando las creencias religiosas evolucionaron y se organizaron, los entierros y la preocupación por las necesidades posteriores a la muerte se volvieron más prominentes. A lo largo de los siglos, los rituales y los entierros se volvieron más elaborados y la preparación del difunto para una posible vida futura se volvió más prominente.

La mayoría de las creencias religiosas ofrecen la continuación de alguna forma de existencia después de la muerte. La esperanza de la vida eterna y el método para lograrla es parte del proceso de adoctrinamiento sectario.

Los egipcios construyeron enormes pirámides para sepultar a sus faraones y otras personas de gran importancia. Una de las primeras fue la pirámide de Zoser en Saqqara. Según la egiptóloga Salina Ikram, la pirámide fue construida hace unos 5.000 años y se dice que es el comienzo de las ideas (egipcias) que condujeron al renacimiento y la resurrección. Después de la momificación, el difunto era colocado en un sarcófago y sellado. Las paredes que rodean el sarcófago están inscritas con miles de jeroglíficos que ahora se describen como hechizos. Los encantamientos son para que el faraón los use para protegerlo de los demonios y otras criaturas peligrosas que pueda encontrar en su viaje para unirse con los dioses. Es posible que necesite intentarlo todas las noches durante un tiempo prolongado hasta lograrlo.

Aunque fue principalmente la realeza el que fue sepultada do manera tan elaborada, estaba destinado a proteger a todo el pueblo de Egipto. La existencia del rey en el más allá era necesario para mantener contentos a los dioses y proteger a los vivos. (*1*)*National Geographic, La historia de Dios* con Morgan Freeman. T1 Ep1 – *Más allá de la muerte*

La elección de los hindúes es creer en la reencarnación como una forma de alcanzar la inmortalidad. La muerte es sólo un paso hacia otro giro en la vida. Los muertos tienen la oportunidad de volver a intentarlo después de morir muchas veces. Si la vida que dejó fue significativa o bien vivida, el difunto pasa a una nueva vida para mejorar su Karma. Si la vida anterior no fue satisfactoria, el alma también regresará pero quizás no como humana. El objetivo es alcanzar un cierto nivel de perfección (algunos dicen que un ser humano debe experimentar todos los niveles de existencia: pobreza, riqueza, madre, padre, hombre, mujer, etc. antes de alcanzar la plenitud. En algún momento, después de innumerables vidas, el alma entonces puede terminar los viajes de regreso a un nuevo cuerpo y continuar como una forma de energía por la eternidad (2) ibid.

La idea de que la vida futura de los reyes protegería y aseguraría la energía vital para los vivos también es una creencia sostenida por algunos en México, transmitida de sus antepasados aztecas. Un día al año, en el "Día de Muertos", los mexicanos celebran la vida de antepasados, padres, abuelos, tíos, etc. más recientes. La creencia es que la división entre vivos y muertos no es muy sólida. Una vez al año, familias y amigos disfrutan de una celebración entre los vivos para contar historias, chistes y compartir comidas como una forma de reconectarse con sus familiares fallecidos. Es una forma de mantener vivos los recuerdos y garantizar cierto nivel de inmortalidad durante generaciones. (3) ibídem)

Una de las opiniones más populares es la de terminar en el cielo o en el infierno. Personalmente me opongo a cualquiera de las dos. No puedo aceptar que una deidad omnisciente, amorosa y compasiva condene a alguien a la condenación eterna por cometer un pecado en una vida que duró sólo unas pocas décadas. Si el castigo fuera por cien, mil o incluso cincuenta mil años, tendría más sentido, pero no para siempre. Imagínese un hijo de padres amorosos que comete un error que merece algún nivel de castigo. El niño puede ser castigado por un período de tiempo: sin televisión ni teléfono durante una semana o incluso un mes, o incluso una sola paliza, pero no todos los días durante el resto de su vida. En capítulos anteriores o siguientes menciono la igualmente tortuosa "recompensa" de la eterna bienaventuranza celestial, por lo que eso también es inaceptable.

Para los cristianos, el más allá supuestamente está asegurado gracias al sacrificio de Jesús o a la muerte por los pecados de todos. Una vez realizado el sacrificio, todo lo que los creyentes tienen que hacer es confesar que aceptan y creen en Jesus y ganarán la vida eterna. Los matices de la premisa pueden ser más complicados, pero es lo más simple que se puede describir.

El Islam ofrece prácticamente el mismo destino que los cristianos: el juicio y luego el cielo o el infierno, dependiendo de cómo uno se comporte en la Tierra. Hay una excepción si la muerte es el resultado de haber sido asesinado en una Jihad en nombre de Alá. El pensamiento común es una recompensa de 72 Vírgenes Vestales en el Paraíso. Aunque el Corán no especifica el número de concubinas celestiales, sí proporciona una descripción de las mujeres. Huda. *"El Islam en el más allá". Learn Religions, 26 de agosto de 2020, learnreligions.com/islam-on-the-afterlife-2004337*

Tanatología: El estudio de la muerte y el morir.
Comprender la conciencia y buscar el alma

"La muerte es el deseo de algunos, el alivio de muchos y el fin de todos" – Lucius Annaeus Seneca

Hay ideas más modernas sobre cómo lograr la inmortalidad que no incluyen creencias religiosas o sobrenaturales ni rituales complicados. Se están estudiando y experimentando métodos científicos para interferir o revertir el proceso de muerte.

Dos investigadores (un matrimonio) están realizando experimentos para lograr la inmortalidad artificial. Están casados desde hace más de 30 años y les gustaría continuar una forma de relación después de la muerte de uno o del otro. Han conseguido crear una cabeza de android en la que implantaron los recuerdos de la esposa. Es extraño ver a Morgan Freeman entrevistar una cabeza de androide. La cabeza responde al nombre Marveena que es una combinación de Marteen el marido y Veena la esposa.

La premisa de la pareja es *"no engañar a la muerte sino evitar que la muerte engañe a la vida"*. Parecen querer conservar al menos una alternativa consciente a un ser vivo real. La cabeza parece robótica y admite libremente serlo, pero la conversación es aceptablemente humana. El nombre del androide es en realidad Marveena 48, que creo que se refiere a la versión numero 48 o intento experimental. Su objetivo en los próximos años es cargar no sólo recuerdos con un patrón de habla, sino también emociones y tal vez un mayor nivel de conciencia. Este método no previene la muerte ni prolonga la vida física, pero sí preserva la memoria en un android interactivo. Con la ayuda de la IA, (Inteligencia Artificial) al menos puede parecer que el difunto aún podrá interactuar con los vivos.

Lo que todavía no se puede comprobar es si la cabeza parlante tiene alguna apariencia de conciencia. Incluso si se le pregunta y responde "sí", ¿cómo lo sabría el interrogador si es realmente consciente?

Un estudio reciente, en *The Mirror*, señala pistas de que después de la muerte, la conciencia continúa funcionando después de que el corazón deja de funcionar y las actividades corporales ya no son detectables.

Aquellos que sobrevivieron a paros cardíacos continuaron viendo o sintiendo lo que estaba sucediendo a su alrededor incluso después de ser declarados "muertos" (la conciencia incluía observar al equipo médico trabajando para reanimarlos y escuchar sus comentarios) antes de su resurrección. el estudio sugiere que una persona puede incluso escuchar el momento que la muerte se ha declarado, aunque mientras está "atrapado" dentro del cuerpo con algo de actividad cerebral restante.

Hay un conocido médico/investigador considerado líder en el campo de la reanimación y la conciencia.

El doctor Sam Parnia (profesor de medicina de la Universidad de Nueva York) está intentando determinar qué sucede después de la muerte. Los estudios sugieren que después de que se declara que el cuerpo está muerto, incluida la muerte cerebral, es posible que las células de todo el cuerpo no detengan toda actividad en el momento en que ocurre la muerte. Las funciones no cesan inmediatamente después de ser declarado oficialmente muerto. El médico sospecha que la conciencia puede continuar incluso después de que el cerebro ya no muestra signos de actividad. La conciencia, la psique o lo que sea que te hace a ti o también conocido como "El Alma", afirma, no se aniquila en el momento de la muerte. La única pregunta es ¿cuánto tiempo puede continuar si el cuerpo y el cerebro están irreversiblemente muertos? El Dr. Parnia afirma que podrían pasar horas pero no puede decir qué sucede después de ese período de tiempo.

Otra pregunta puede ser si las células del cuerpo y del cerebro permanecen activas durante un período prolongado, ¿se pueden manipular para que se vuelvan a encender? Mi conclusión personal es que para algunos, especialmente aquellos que estuvieron o permanecen en un ambiente frío, ha sido cierto.

El Dr. Sam Parnia estudia la conciencia después de la muerte y examina casos de paros cardíacos en Europa y Estados Unidos.

Dijo que la evidencia anecdótica ha encontrado que las personas en la primera fase de la muerte aún pueden experimentar alguna forma de conciencia.

El experto. en otra entrevista. le dijo a *Live Science* que las personas que experimentaron un paro cardíaco y sobrevivieron describieron con precisión lo que sucedió a su alrededor después de que sus corazones dejaron de latir.

Dijo: *"Describirán ver a médicos y enfermeras trabajando, describirán ser conscientes de conversaciones completas, de cosas visuales que estaban sucediendo, que de otro modo no serían conocidas por ellos"*.

El Dr. Parnia, de la Facultad de Medicina Langone de la Universidad de Nueva York en Nueva York, dijo que los relatos fueron verificados por médicos y enfermeras, quienes quedaron atónitos cuando se les informó que los pacientes recordaban los detalles después de ser reanimados.

Su estudio examina lo que le sucede al cerebro después de que una persona sufre un paro cardíaco (y si la conciencia continúa después de la muerte y durante cuánto tiempo) para mejorar la calidad de la reanimación y prevenir lesiones cerebrales mientras se reinicia el corazón. Sin embargo, a diferencia de la trama de Flatliners, cuando una persona es resucitada, no regresa con una "mejora mágica" de sus recuerdos, dijo el Dr. Parnia.

Dr. Sam Pernia, (*1 de noviembre de 2014) Muerte y conciencia: una descripción general de la experiencia mental y cognitiva de la muerte.*

Otro investigador del campo médico también está investigando experiencias cercanas a la muerte y eventos extracorporales.

Raymond Moody es un conocido psicólogo y médico estadounidense. Es mejor conocido por su investigación sobre experiencias cercanas a la muerte (NDE) y su libro *"Life After Life"*, que se publicó en 1975. El capítulo uno de su libro comienza con la pregunta: *¿Cómo es morir?* Yo no fui uno de los que entrevistó, pero mi respuesta a su pregunta habría sido "sin dolor y sin incidentes". No habría descrito luces brillantes, un viaje a través de un túnel, recibir una alegre bienvenida de mis antecedentes o lo contrario: advertencias para Aléjate de la luz y regresa. Como mencioné anteriormente, al recuperar la conciencia once días después de mi última búsqueda del olvido, la primera persona que vi fue un joven cardiólogo de la UCI. Mi interés principal era: "¿Qué tan malo fue?" No dijo una palabra, pero hizo una pantomima de compresiones en el pecho y levantó dos dedos, indicando dos veces. Sonreí y le dije: "Vaya, dos más". Meses después, solicité una copia de mis registros. Estuve en cuidados intensivos durante ochenta y cinco minutos, pero el informe no indicó qué tan separados estaban los dos paros. Planeo revisar los registros médicos nuevamente e intentar averiguarlo.

El Dr. Moody realizó extensas entrevistas con personas que afirmaban haber tenido tales experiencias. Su trabajo ha tenido un impacto significativo en el campo de la tanatología, que es el estudio de la muerte y el morir. La investigación de Moody ha ayudado a alumbrar mas luz sobre el fenómeno de las ECM y ha provocado más investigaciones científicas sobre la naturaleza de la conciencia y la vida futura. *Vida después de la vida: la investigación original más vendida que reveló "experiencias cercanas a la muerte"* Raymond Moody MD 1975 www.lifefterlife.com

El Dr. Moody, quien acuñó el término Experiencia Cercana a la Muerte (ECM), parece estar buscando respuestas a varias preguntas principales: ¿Qué es la materia física? ¿Qué es la conciencia? ¿Los dos interactúan? ¿Trabajan codo a codo —se necesitan unos a otros-? ¿Es uno primario mientras que el otro surge de él? En el debate pueden participar científicos, médicos, filósofos y teólogos, tal vez incluso físicos, así como otros investigadores y profesionales. Durante su investigación, entrevistó a unas 150 personas que experimentaron la ECM. Le sorprendió que sus historias fueran similares en varios aspectos, a pesar de que los pacientes tenían diferente educación, religiosa, provenían de diversas culturas y tenían diferentes antecedentes médicos. También descubrió que se han reportado historias coincidentes durante miles (?) de años y en áreas de todo el mundo. Cuestiono la parte de "miles de años" ya que no espero que haya documentación escrita y menos testigos oculares.

Hasta que se publicó su libro, *Life After Life*, muchos médicos y personas comunes relacionaban las ECM con alucinaciones provocadas por drogas, ilegales o prescritas, falta de oxígeno al cerebro durante el episodio de "morir" e incluso enfermedades mentales provocadas por la condición médica, siendo tratado por. Quizás por eso muchos "retornados" a la vida se mostraron reacios a hablar de sus extrañas historias de haber pasado temporalmente al otro lado. Hoy en día, debido a la popularidad y frecuencia de los eventos, ha habido un marcado aumento de personas dispuestas a contar sus historias. Es menos probable que el personal médico, los familiares y los amigos ridiculicen sus historias.

Presenta dos escenarios que tratan sobre cómo la gente habla de la muerte. Uno, al hablar de ello, muchos creen que se lo están provocando, por lo que evitan el tema. En segundo lugar, la mayoría de los idiomas tienen más palabras que describen eventos y experiencias sobre los que actúan, observan y sienten sus propios sentidos y emociones mientras están vivos. La muerte está más allá de la experiencia humana consciente. Por lo tanto, no es un tema de discusión común y como la mayoría no ha pasado por él anteriormente, hay menos palabras para describir el evento. (Creo que tendría las palabras, si tan solo tuviera memoria). Otros factores son los tabúes sociales y el evento fatalista en sí puede ser demasiado aterrador para merecer una discusión. *Vida después de la vida*: la investigación original más vendida que reveló *"experiencias cercanas a la muerte"* Raymond Moody MD 1975

Los dos médicos citados estudian la muerte y el morir, pero con prácticas primarias ligeramente diferentes aunque con objetivos similares. El doctor Parnia era médico de cuidados intensivos, pero actualmente está más involucrado en determinar cuánto tiempo permanece el "alma" en o cerca del cuerpo, cuánto tiempo puede continuar, si se disipa en el éter o viaja a otro lugar.

El Dr. Moody es un psicólogo en ejercicio que también está más interesada en el viaje de la esencia de la vida o el "alma".

ECM y OBE

*"Muchas personas mueren a los veinticinco años y no son
enterradas hasta los setenta y cinco"* – Benjamín Franklin

Las siguientes son seis historias de personas que recuerdan Experiencias
Fuera del Cuerpo. Los nombres de las personas son aparentemente
seudónivos. No alteré sus narrativas y son citas directas según informa
The Mirror

¿Qué viene después de la muerte? 6 personas que han regresado de la
tumba revelan lo que sucede cuando morimos —*Mirror Online*

1-Como leer un libro

Hace cinco años, el mono monitor se sometió a una cirugía mayor
durante la cual se desangró, lo que le provocó la muerte durante varios
minutos, informó The Mirror.

"Me desperté en lo que parecía el espacio, pero no había estrellas ni luz.
No estaba flotando, por así decirlo; simplemente estaba allí.

"No tenía calor ni frío, ni hambre ni cansancio, sólo una especie de
sensación pacífica y neutral. Sabía que había luz y amor en algún lugar
cercano, pero no tenía el impulso ni la necesidad de ir allí de inmediato.

"Recuerdo haber pensado en mi vida, pero no era como un montaje.
Más bien estaba hojeando un libro y fragmentos destacaban aquí y allá.

"Sea lo que sea, cambió mis pensamientos sobre algunas cosas. Todavía
tengo miedo de morir, pero no me preocupa lo que suceda después de eso".

2-Una visita de alguien querido

Schneidah7 fue arrojado de su motocicleta mientras circulaba a 50 mph
y estaba médicamente muerto cuando lo llevaron al hospital. Mientras

yacía en el camino antes de que llegara la ambulancia, recordó que alguien que conocía lo animó.

"Solo recuerdo estar en la acera y las cosas poco a poco se volvieron oscuras y silenciosas.

"La única razón por la que no me quedé dormido fue por un momento extraño en el que escuché a alguien gritar: '¡Ranger, carajo de mierda! Vamos hombre, levántate. Levántate. ¡LEVÁNTATE!'

"Entonces alguien me golpeó el casco (que básicamente me aplastó muy fuerte la cabeza).

"Cuando abrí los ojos, vi a mi hermano en cuclillas en la acera junto a mí. Fue extraño porque mi hermano murió de una sobredosis hace varios años.

"Lo único que recuerdo es que miró su reloj y dijo algo como 'Estarán aquí pronto' y luego se alejó.

"Me gustaría poder dar más detalles, pero honestamente no recuerdo mucho del incidente y todavía tengo problemas con mi memoria como resultado del accidente".

Si bien muchos usuarios describieron su "muerte" como un vacío, IDiedForABit tuvo una experiencia muy diferente después de que una reacción alérgica provocara que su corazón se detuviera.

"Recuerdo una sensación de ser succionado hacia atrás, muy lentamente, como si me arrastraran a través del agua y esta negrura aparecía y desaparecía.

"En un momento, todo volvió a desaparecer y estaba contemplando un jardín.

"No estaba lleno de flores, sólo polvo y pasto irregular. Había un parque infantil con un tiovivo en el medio y dos niños corriendo alrededor de él: un niño y una niña.

"Es difícil de describir, pero tuve la sensación de que podía elegir si quería quedarme o irme, pero cada vez que intentaba regresar, me mantenían en el lugar.

"Revisé todas las razones por las que quería regresar, y cuando le dije a la presencia que no quería abandonar a mi madre, lo que sea que me detuviera, finalmente la solté.

"Regresé a mi cuerpo. Mi corazón se había detenido durante seis minutos".

3- Un jardín

Si bien muchos usuarios describieron su "muerte" como un vacío, IDiedForABit tuvo una experiencia muy diferente después de que una reacción alérgica provocara que su corazón se detuviera.

"Recuerdo una sensación de ser succionado hacia atrás, muy lentamente, como si me arrastraran a través del agua y esta negrura aparecía y desaparecía.

"En un momento, todo volvió a desaparecer y estaba contemplando un jardín.

"No estaba lleno de flores, sólo polvo y pasto irregular. Había un parque infantil con un tiovivo en el medio y dos niños corriendo alrededor de él: un niño y una niña.

"Es difícil de describir, pero tuve la sensación de que podía elegir si quería quedarme o irme, pero cada vez que intentaba regresar, me mantenían en el lugar.

"Revisé todas las razones por las que quería regresar, y cuando le dije a la presencia que no quería abandonar a mi madre, lo que sea que me detuviera, finalmente la solté.

"Regresé a mi cuerpo. Mi corazón se había detenido durante seis minutos".

4 -Pulsar la repetición

Cuando era adolescente, TheDeadManWalks había estado pasando por meses de quimioterapia cuando su nariz comenzó a sangrar incontrolablemente.

Debido a una sepsis y una infección por Clostridium difficile, su condición empeoró y entró y salió de la muerte, que describe maravillosamente.

"Lo peor de todo esto, mirando hacia atrás, es lo pacífico que puede parecer.

"Es como querer pulsar el botón de repetición de alarma de la alarma a las 7 de la mañana.

"Y tal vez lo golpeas una o dos veces, pero luego recuerdas que tienes trabajo o escuela, y que dormir puede esperar porque todavía tienes cosas que hacer".

5-¿O es una risa?

El roce de altburger69 con la muerte no les impidió hacer bromas. "Tuve un ataque cardíaco el año pasado y mi corazón se detuvo tres veces en la sala de emergencias. "Aparentemente, cada vez que me dieron una descarga eléctrica me 'desperté' (cómo me sentí) y le conté al personal un chiste diferente cada vez. "No había luces ni nada parecido, sólo tenía ganas de dormir".

6-No hay nada después

A raíz de un accidente de motocicleta, la respiración y el pulso de Rullknuf se detuvieron y sufrió "calambres y rigidez". Después de dos minutos, su amigo logró resucitarlo.

"Para mí fue simplemente un apagón. Ni sueños, ni visiones, simplemente nada.

"Aparentemente pregunté más de 10 veces qué pasó y dije que estaré feliz de estar vivo hoy".

Seis personas que 'regresaron de entre los muertos' revelan lo que realmente sucede cuando mueres - *Coventry*Live (coventrytelegraph. net) ¿Qué viene después de la muerte? 6 personas que han regresado de la tumba revelan lo que sucede cuando morimos - *Mirror Online*

Buscando la inmortalidad

"¿Cómo pueden los muertos estar verdaderamente muertos cuando todavía viven en las almas de aquellos que quedan atrás?" – Carson McCullers

He mencionado la construcción de pirámides para salvaguardar los restos momificados de reyes y reinas egipcios, la construcción de cabezas de androides y de androides para salvaguardar recuerdos y emociones, la congelación de cabezas y cuerpos con la esperanza de una futura restauración a la vida activa, el estudio de la conciencia. composición y supervivencia, tal vez con la esperanza de reprimirlo hasta que se pueda construir o clonar un cuerpo huésped. La Inteligencia Artificial implantó chips para superar las dolencias y discapacidades humanas y prolongar la vida, y aún están por descubrirse innovaciones aún más sorprendentes.

Existe una forma más sencilla de alcanzar un nivel de inmortalidad. Otros lo han hecho y muchos más lo harán en el futuro. Lo estoy haciendo ahora.

Fue realizado por primera vez hace unos 3000 años por Ramsés III de Egipto. En la ciudad de Tebas, ahora conocida como Luxor, construyó el Templo del Millón de Años. No es una tumba, sino un depósito de inscripciones conmemorativo donde la gente puede visitarlo para invocar su espíritu y leer sobre sus hazañas; en realidad, es una enorme construcción biográfica. Las palabras y símbolos que representan la vida y los logros del Faraón fueron grabados profundamente en monumentos de piedra para que los humanos o la naturaleza no pudieran borrarlos. La sensación era que cada vez que alguien mencionaba su nombre, su vida se renovaba y, por lo tanto, viviría eternamente en la memoria de los demás.

Dije que otros lo han hecho y muchos más lo harán, incluyéndome a mí. No me refiero a construir templos conmemorativos sino a escribir biografías y memorias. Habla con tus hijos y nietos, especialmente sobre los antepasados que recuerdas. Mejor aún, los que dejaron documentos escritos, fotografías, vídeos. y otros recuerdos.

Las bibliotecas presidenciales estadounidenses parecen tener el mismo propósito, excepto que no se consideran mausoleos ni templos.

Siempre existe la posibilidad de que uno o más de mis escritos se vuelvan lo suficientemente populares como para existir durante algunos años después de mi partida. Si no son regalías, puedo dejarles a mis descendientes algunos recuerdos. Como mínimo puedo aparecer en una búsqueda de GOOGLE.

Inteligencia Artificial

"Si ser niño se trata de aprender a vivir, entonces ser adulto se trata de aprender a morir" – Stephen King

Por un capricho curioso, después de leer varios artículos sobre IA o Inteligencia Artificial, intenté preguntarle a la unidad de IA que aparece en *ChatAI.com* para determinar qué opinión, si la hubiera, podría presentar sobre el tema de la vida después de la muerte. Incluyo las respuestas aquí porque concuerdan más o menos con otras investigaciones. También pregunté sobre la experiencia cercana a la muerte y sobre la posible contribución de la IA a la prolongación de la vida humana.

Una versión de IA respondió con:

"¡Hola! Cuando se trata de teorías sobre la vida después de la muerte, existen diversas creencias e ideas. Tres de las teorías más comúnmente discutidas son:

1. *Reencarnación: esta teoría sugiere que después de la muerte, el alma de una persona renace en un nuevo cuerpo. La forma específica de la nueva vida puede depender de las acciones y del karma de la vida anterior. La reencarnación es un concepto que se encuentra en muchas religiones, como el hinduismo y el budismo.*

2. *Existencia espiritual: Esta teoría propone que después de la muerte, el alma o la conciencia continúa existiendo en un reino espiritual. Sugiere que los individuos puede experimentar una vida futura separada del mundo físico. Las diferentes religiones y tradiciones espirituales tienen sus propias interpretaciones de cómo podría ser esta otra vida.*

3. *Olvido eterno: esta teoría postula que después de la muerte, simplemente no hay nada. Sugiere que la conciencia deja de existir y que no hay continuación de la vida ni del más allá. Esta perspectiva a menudo se asocia con el ateísmo o el agnosticismo, donde la creencia en un poder superior o en una vida futura está ausente.*

Es importante señalar que estas teorías se basan en creencias y perspectivas filosóficas, y no existe un consenso científico sobre lo que sucede después de la muerte. Las diferentes culturas e individuos también pueden tener sus propias teorías e interpretaciones únicas".

(Sobre el uso y las capacidades futuras de la IA)

"La IA ciertamente puede desempeñar un papel en la investigación y el desarrollo de métodos para prevenir la muerte o prolongar la vida. Las tecnologías de inteligencia artificial se pueden utilizar en la investigación médica, el descubrimiento de fármacos y la atención médica personalizada, entre otras áreas, para avanzar en nuestra comprensión del envejecimiento y mejorar nuestra capacidad para tratar enfermedades. Sin embargo. Es importante señalar que el concepto de vida después de la muerte es una cuestión filosófica y religiosa que va más allá del alcance de las capacidades de la IA.

Las experiencias cercanas a la muerte son experiencias subjetivas relatadas por personas que han estado cerca de la muerte o que han estado clínicamente muertas y luego revividas. Si bien estas experiencias son reales en el sentido de que las personas realmente informan haberlas tenido, la interpretación de estas experiencias varía. Algunos creen que las experiencias cercanas a la muerte proporcionan evidencia de una vida futura o un reino espiritual, mientras que otros las atribuyen a factores fisiológicos y psicológicos. La comunidad científica todavía está estudiando e investigando experiencias cercanas a la muerte para comprender mejor su naturaleza y significado". ChatAI.com 2023

Al igual que las suposiciones, creencias o teorías humanas, incluso los programas de inteligencia artificial no están completamente de acuerdo y ofrecieron respuestas ligeramente diferentes.

Otro programa de IA incluyó la versión espiritual como el número tres y ignoró el destino del Olvido Eterno:

"Determinar la máxima posibilidad de verdad para las teorías de la vida después de la muerte es subjetivo y depende de las creencias y perspectivas individuales. Sin embargo, puedo ofrecerle tres teorías comúnmente discutidas que han ganado algo de terreno.

tracción entre diferentes culturas y religiones. Estas teorías son:

1. *Reencarnación: esta teoría sugiere que después de la muerte, el alma de un individuo renace en un nuevo cuerpo. Se cree que las circunstancias específicas de la nueva vida están influenciadas por las acciones y elecciones realizadas en vidas anteriores. La reencarnación es un concepto central en el hinduismo, el budismo y algunos otros sistemas de creencias.*

2. *Cielo e infierno: esta teoría postula que después de la muerte, los individuos son recompensados o castigados en función de sus acciones y creencias durante su vida. Aquellos que han vivido virtuosamente y seguido enseñanzas religiosas pueden ir a un reino celestial, mientras que aquellos que han cometido malas acciones pueden ser condenados a un lugar de castigo o sufrimiento. Esta teoría es prominente en muchas tradiciones religiosas, incluidos el cristianismo y el islam.*

3. *Existencia espiritual: esta teoría sugiere que después de la muerte, el alma o la conciencia continúa existiendo en una forma no física. Puede implicar conceptos como volverse uno con una conciencia universal, fusionarse con una entidad divina o simplemente existir como un espíritu incorpóreo. Esta teoría se encuentra en varias tradiciones espirituales y filosóficas. Es importante señalar que estas teorías se basan en la fe, las creencias personales y las tradiciones culturales más que en evidencia científica. Sigue siendo un misterio y diferentes personas pueden tener diferentes interpretaciones y creencias".* IA en AWS 2023

Evidentemente, la Inteligencia Artificial también puede tener diferentes ideas sobre el más allá, si es que existe alguna. Tampoco es tímido al admitir que puede quedar desconcertado por preguntas aparentemente sin respuesta.

La información proporcionada por AI no cita fuentes. Creo que busca en Google y elige las respuestas más populares y preferidas a las preguntas planteadas. La mayoría de las respuestas dadas concuerdan, más o menos, con mi propia investigación.

Muerte después de la vida

*"Yo soy el que tiene que morir cuando llegue el momento de morir,
así que déjame vivir mi vida como quiero."*—Jimi Hendrix

La mayor parte de este libro ha tratado el proceso de muerte, revivir y comentarios sobre las posibilidades de la vida después de la muerte; la mayoría de los resucitados estaban contentos de tener una segunda oportunidad (y más de una oportunidad para algunos otros), mientras que algunos tal vez hubieran preferido permanecer muerto. Hay muchos vivos hoy que no han pasado por el proceso de revivir, pero esperan que su miserable condición de vida actual termine. Hay innumerables personas que están totalmente paralizadas, sufren dolores constantes y tienen otras discapacidades que impiden una vida funcional. Además, el flagelo de enfermedades sin remedios disponibles ni esperanza de mejora. Agregue a ese grupo a los desafortunados con demencia con poca o ninguna conciencia de estar vivos. ¿Quién sin duda, si tuviera la opción, optaría por liberar a un cuidador familiar de la carga de cuidar a una persona con discapacidad? Muchos de los que vivieron en esas condiciones hubieran preferido permanecer muertos en lugar de continuar con una existencia limitada y no calificada para ser llamada vida real.

Inteligencia Artificial

La sociedad, los grupos religiosos y la propia ley desaprueban o rechazan la libertad de elección cuando la muerte sería la opción preferida. Personas que optarían por un final rápido si tuvieran la capacidad o los medios son condenadas a una vida de incapacidad permanente, estrés, malestar y, en ocasiones, pura agonía. A veces la agonía la sufren los familiares que deben cuidar de los pacientes incapacitados.

Investigadores como desarrolladores de inteligencia artificial, pioneros médicos e individuos como Elon Musk están buscando formas de restaurar las capacidades físicas y mentales y, lo más importante, la calidad de vida de quienes tienen funciones limitadas o perdidas.

Elon Musk ha invertido en producir un implante mental desarrollado para ayudar a los parapléjicos y otros discapacitados a recuperar el uso de piernas, brazos y otras capacidades físicas. Incluyendo la vista. El implante (*Neuralink*) en el cerebro está diseñado para establecer una conexión simbiótica entre el cerebro y la Inteligencia Artificial. El chip del tamaño de una moneda está incrustado en el cráneo, con diminutos cables aproximadamente 20 veces más delgados que un mechón de cabello extendidos por el cerebro. Los cables son tan finos y fragil que un cirujano humano no puede realizar la cirugía. Para superar ese dilema, los laboratorios de Musk desarrollaron un cirujano robótico para realizar la tarea. El cirujano mecánico mide unos dos metros y medio de altura, pero el robot es más diestro que un cirujano humano y está equipado con una aguja que se ajusta automáticamente a los movimientos del cerebro del sujeto causados por la respiración e incluso los latidos del corazón. - Andrew Hires, neurólogo de la Universidad del Sur de California Neuralink

La empresa de Elon Musk se llama Neuralink y Musk se refiere al dispositivo que restaurará las funciones físicas perdidas como "FitBit para tu cráneo".

El objetivo de la empresa es: *"Crear una interfaz cerebral generalizada para restaurar la autonomía de quienes tienen necesidades médicas no cubiertas hoy y desbloquear el potencial humano mañana.*

Para restaurar la independencia y mejorar vidas, hemos creado una experiencia de interfaz cerebro-computadora (BCI) que permite un control informático rápido y confiable y prioriza la facilidad de uso".

Las mejoras tecnológicas en Neuralink pueden ayudar en el tratamiento del Alzheimer y otros problemas neurológicos. El profesor Andrew Hires también dijo que otras aplicaciones podrían permitir a las personas controlar prótesis robóticas con la mente.

"La primera aplicación que se puede imaginar es un mejor control mental para un brazo robótico para alguien que está paralizado", Dr. Andrew *Hires Insider 2019* El Dr. Hires agregó que los electrodos implantados en el cerebro podrían ayudar a reproducir el sentido del tacto, brindando al usuario un control más preciso mediante una prótesis. dispositivo.

"La primera indicación para la que está destinado este dispositivo es ayudar a los que se encuentran paralizados a recuperar su libertad digital permitiendo a los usuarios interactuar con sus ordenadores o teléfonos con un gran ancho de banda y de forma naturalista. Los fondos de la ronda se utilizarán para llevar al mercado el primer producto de Neuralink y acelerar la investigación y el desarrollo de productos futuros", dijo Neuralink en una publicación de blog. *Anuncio de la ronda de financiación Serie C | Blog |* Neuralink

Hay varios episodios de YouTube que destacan el desarrollo, uso y progreso del implante cerebral Neuralink. Los vídeos están llenos de información. Estaba más interesado en cómo funciona el chip implantado. La premisa básica es que La parálisis o pérdida de uso se produce cuando una señal enviada desde el cerebro a un brazo, pierna o cualquier otra parte del cuerpo se interrumpe debido a un trauma o cualquier otro factor. El objetivo previsto no puede recibir la señal. El dispositivo Neuralink puede duplicar la función de las neuronas y puede enviar señales cerebrales que antes estaban interrumpidas. Las señales enviadas son inalámbricas. El potencial para remediar múltiples condiciones es increíble. Entre la lista se encuentran la audición, la vista, la parálisis, la adicción, la ansiedad y diversos trastornos neurológicos. En un programa de MSNBC, un representante de los defensores de la IA de las hormigas sugirió que el método inalámbrico podría llevar a que los piratas informáticos se apoderen de los movimientos o acciones de una persona o controlen sus mentes. Esto me llevó a sugerir que la IA debería programarse con las tres leyes de la robótica, ficticias pero factibles de Isaac Asimov.

Una de las presentaciones de YouTube sugirió que un usuario puede incluso usarlo para convocar telepáticamente a su Tesla. Mientras escribo esto, es Nochebuena de 2023 y estoy terminando de envolver regalos. Estaba escuchando a Elon Musk y algunos de sus asesores y empleados expertos. Mientras envolvía, escuché algunos planes y predicciones sorprendentes sobre lo que Neuralink será capaz de hacer en un futuro no muy lejano. Una de las expectativas más alentadoras es un implante secundario que recibirá la señal del implante cerebral sin pasar por la parte del cuerpo lesionada que impedía la entrega de la orden del cerebro. Una médula espinal comprometida no obstaculizará el efecto de los chips Neuralink. Otra posibilidad fascinante es que incluso si partes de los ojos están dañadas, todavía se puede recuperar la vista.

Además, en la Cumbre del Consejo de CEO del *Wall Street Journal* en diciembre de 2021, Musk dijo que los primeros humanos en los que Neuralink espera implantar sus dispositivos son personas que: "tienen lesiones graves de la médula espinal como tetrapléjicos, cuadripléjicos".

Elon Musk también dice que a largo plazo, el chip de Neuralink podría usarse para fusionar la conciencia humana con la inteligencia artificial, aunque los expertos se muestran escépticos al respecto. A pesar de las dudas entre algunas autoridades tecnológicas y neurológicas. Generalmente son personas visionarias las que se esfuerzan por hacer lo que otros creen difícil e incluso imposible. *Presentación de Elon Musk Neuralink en YouTube*

Es alentador que haya investigaciones médicas en curso para ayudar a quienes más ayuda necesitan, especialmente aquellos que han perdido funciones corporales críticas y les quedan buenos años para disfrutar de la vida. Entre ellos. niños, adultos jóvenes y veteranos que resultaron heridos mientras servían al país.

Mi preocupación se centra en la posibilidad de que la IA, especialmente cuando se instala en robots humanoides o androides, pueda seguir evolucionando y poniendo en peligro a la humanidad. Isaac Asimov en sus novelas sobre robots sugirió que la salvaguarda de "Las tres leyes de la robótica" debe ser parte de la programación tecnológica. Las tres leyes son:

"La Primera Ley: Un robot no puede dañar a un ser humano ni, por inacción, permitir que un ser humano sufra daño.

La Segunda Ley: Un robot debe obedecer las órdenes que le dan los seres humanos, excepto cuando dichas órdenes entren en conflicto con la Primera Ley.

La Tercera Ley: Un robot debe proteger su propia existencia siempre que dicha protección no entre en conflicto con la Primera o la Segunda Ley". - Isaac Asimov Tres leyes de la robótica" Isaac Asimov Wikipedia

Fui directamente a la fuente y le pregunté a ChatAI si algún desarrollador estaba considerando agregar las tres leyes de la robótica a la programación de IA. Sorprendentemente, la respuesta fue afirmativa, pero es necesario modificar o ampliar las leyes para gestionar las complejidades de los sistemas de IA, y su implementación aún está en debate.

Edición de genes

"Todo el mundo va a estar muerto algún día, sólo hay que darles tiempo". —Neil Gaiman,

Otro tratamiento médico que podría ser prometedor es la terapia genética que incluye la adición y edición de genes. Existen varios métodos de edición de genes. Entre ellos están ZFN (nucleasas con dedos de zinc)

Talens (nucleasas efectoras similares a activadores de la transcripción)
CRISPR (repeticiones palindrómicas cortas agrupadas y regularmente espaciadas)

Tengo una comprensión muy básica y mínima del proceso de edición de genes, pero los científicos tienen un método muy extraño para nombrar y explicar procedimientos o tratamientos que los hacen indescifrables e incluso menos comprensibles. Nunca había oído hablar de los dos primeros de la lista. Leí (laboriosamente) un libro sobre CRISPR, pero solo entendí muy pocos elementos del proceso. Dependiendo únicamente en la memoria, la idea básica es encontrar un gen defectuoso utilizando ARN que esté programado para buscar y luego entregar una herramienta como un mensajero (una enzima) para cortar o desactivar el gen defectuoso. Es posible, pero más difícil, insertar un gen de reemplazo. Uno de los usos importantes de la edición de genes es editar el ADN de órganos de cerdo para hacerlos más aceptable en un huésped humano, disminuyendo el riesgo de rechazo de órganos.

Eso es lo más básico que recuerdo. De los dos primeros no sé nada. Tendré que leer varios libros para educarme mejor sobre el proceso El número tres parece prometedor y hay mucho interés en perfeccionar el proceso de alteración del genoma humano. Debo confesar que la curiosidad se apoderó de mí y tuve que verificar si mi memoria era exacta. Ése es el beneficio de Internet: el conocimiento está al alcance de su mano. Mi memoria estaba bien, pero un poco atrasada; solo en este último año el progreso ha florecido.

En un año, se han presentado docenas de artículos de investigación para promocionar los resultados de estudios que utilizan CRISPR para cortar ADN defectuoso y reemplazarlo. Utilizando el método para tratar el cáncer, el VIH, la ceguera, el dolor crónico, la distrofia muscular y más. También se utilizó para la anemia falciforme y la hemofilia. Cuando leí sobre esto por primera vez, el costo de los tratamientos era extremo. Con el tiempo puede que sea más asequible.

> Diez cosas asombrosas que los científicos acaban de hacer con CRISPR *www.livescience.com/59602-crispr-advances-gene-editing-field.html*

Muchos de estos acontecimientos llegan demasiado tarde para mí, que tengo muchas dolencias, y también para mi hermano, que ahora es ciego. Pero al ritmo actual de progreso, mis nietos y bisnietos todavía son lo suficientemente jóvenes como para disfrutar de los beneficios que se están desarrollando. Sin duda, sería útil que alguno de mis libros se convirtiera en un éxito de ventas y pudiera dejarles los medios para costear los tratamientos cuando fuera necesario.

Parte 2

MEMORIA

Continuando con la vida
Seguir adelante con la vida después de las muertes juveniles.

"Todo el mundo va a estar muerto algún día, sólo hay que darles tiempo". —Neil Gaiman,

Después de mi último encuentro como juvenil con la muerte prematura, se vislumbraban grandes cambios en el horizonte. Al voto de mi madre todavía le quedaban un par de años de mandato. Aquí estaba yo, un chico con coletas y vestido (además, feo) e infinitamente avergonzado. Ensangrenté muchas narices y labios defendiendo mi dignidad al lidiar con matones escolares insensibles. Como mis habilidades de lucha y mi físico no coincidían con mi ira ni la melena me daba la fuerza de Sansón, yo mismo sangré más de unas cuantas veces.

A veces, cuando extraños, generalmente mujeres, me elogiaban diciendo: "Hay que nena linda". Yo respondía enojado levantándome la maldita bata, exponiéndome y gritando: "¡Soy nene! Soy nene!" Cuando me volví un poco más sensible, insistí en usar pantalones bajo el habito. Años más tarde, la canción de Johnny Cash, "A Boy Named Sue", se convirtió en una de mis favoritas ya que me recordaba lo que pasé cuando era niño usando el cabello largo y un vestido con borlas. Eso fue mucho antes del cabello largo estaba de moda o era aceptable para hombres y niños. Por fin llegó el tan esperado corte de mis mechones. Fue mi primer corte de pelo en muchos años y en ese momento, el día más feliz de mi vida.

Las coletas se cortaron pero mantuvieron su estilo trenzado. Se acercaba el aniversario de la aparición de la Virgen de Monserrate y había que cumplir el voto depositando los mechones cortados a los pies del ídolo. La fase final del desgarrador ritual consistió en escalar una colina alta donde se había construido el altar de la Virgen. Los cientos de fieles que habían completado su penitencia debían subir la colina de rodillas, desafiando las rocas, la maleza, las ramitas, los insectos y cualquier otra cosa que cubría el camino. Aunque no fui yo quien inició el voto, el juramento de mi madre me obligaba a unirme a ella en la colina subiendo de rodillas. Mi madre no fue abusiva, pero sus creencias y los edictos y rituales de la iglesia superaron las leyes y el sentido común. Al final, el viaje valió la pena. Mis cabellos nunca más me perseguirían. Fueron abandonados a los pies de una estatua de alabastro sin vida para no volver a angustiarme nunca más.

Mi padre y yo (vistiendo el hábito)
Mi pelo largo en coletas detrás de mi espalda.

"Si la muerte significara simplemente abandonar el escenario el tiempo suficiente para cambiarse de disfraz y regresar como un nuevo personaje. ¿Reducirías la velocidad? ¿O acelerar?
—Chuck Palahniuk

En unos pocos años, la naturaleza hizo su magia y convirtió al niño enfermizo y a menudo moribundo en un preadolescente saludable. Fue un renacimiento, pero más bien como una oruga renacida como mariposa. Pasó de ser un monje delgado con aspecto de Fraile-Tuck a un James Bond joven, apuesto y sano, que escoltaba a la princesa en el baile del rey. O, en este caso, la hija de la familia más rica del pueblo.

Poco después de esta celebración en honor al santo patrón de mi ciudad natal, mis padres hicieron planes para emigrar a los Estados Unidos continentales. Me preguntaba por qué querían tomar una medida tan drástica, pero ni mi hermano ni yo teníamos edad suficiente para expresar una opinión desfavorable a su decisión. Lo estábamos haciendo bastante bien tal como estaban las cosas. Mi padre era mecánico de automóviles y se ganaba la vida bien y ganaba dinero extra comprando bicicletas usadas y convirtiéndolas en una de las primeras versiones de ciclomotores. Fue un inventor y un manitas con múltiples talentos. Nuestra casa estaba en una colina cerca de la playa, así que la construyó con la parte trasera montada sobre pilotes y un taller debajo. Mi madre no tenía necesidad de trabajar. A mi hermano y a mí nos iba muy bien en la escuela gracias a sus tempranas tutorías. La escuela seleccionó a mi hermano para asistir a una escuela para estudiantes superdotados, pero mi madre no lo permitió debido a su corta edad y la distancia a la nueva escuela avanzada.

Nuestro patio trasero era el océano y el patio delantero una colina frondosa y boscosa a modo de parque infantil. Mi madre había escuchado los rumores que sugerían las "calles pavimentadas con oro" y convenció a mi padre de que estaríamos mejor en los Estados Unidos continentales. Aunque planearon bien la mudanza. Mi madre se dirigiría primero al norte, conseguiría un trabajo mientras mi padre permaneciera en la isla y vendería nuestra casa. Mi primera pregunta al llegar a Filadelfia fue: "¿Dónde está la playa?" Me rompió el corazón cuando mi madre dijo que no había ninguna.

Cuando mi madre se fue, mi padre había dicho que no iría hasta que tuviera un trabajo esperando. Eso es exactamente lo que hizo. Llegó un sábado y se fue a su nuevo trabajo el lunes siguiente por la mañana. Siempre me he preguntado cómo logró eso. Esto fue mucho antes del correo electrónico, los teléfonos móviles y los mensajes de texto. Todo se hizo por correo postal y llamadas telefónicas de larga distancia. Otro obstáculo que de alguna manera superó fue que no hablaba una palabra de inglés, no estaba familiarizado con la nueva ciudad ni cómo moverse. Sin embargo, llegó a trabajar el primer día. Su primera tarea fue instalar quitanieves en jeeps y camionetas. Nunca en su vida había visto nieve ni quitanieves, pero el desconocimiento del equipo no lo disuadió.

Tuvo una larga trayectoria exitosa en su primer trabajo y además alquiló un garaje donde trabajaba por su cuenta por las tardes y los fines de semana para ganar un poco más.

Para mi hermano y para mí, aprender el nuevo idioma fue bastante fácil a nuestra edad, pero yo tuve un comienzo difícil.

Mi primer día en la escuela, la maestra dijo algo a la clase, pero yo no tenía idea de lo que decía, así que no hice nada. Ella se acercó a mí y siguió repitiendo las palabras cada vez más fuerte. Estaba al borde de las lágrimas cuando se volvió hacia su escritorio, sacó una regla gruesa y comenzó a golpearme las manos y a gritar la misma frase. Un niño gritó: "He doesn't speak English!" ("¡No habla inglés! Alguien encontró una manera de explicar lo que significaba: la frase era "Cruza las manos". ("Fold your hands:) Esa fue la primera frase en inglés que aprendí. Para los que no eran de esa época, era costumbre cruzar las manos mientras el maestro hablaba a la clase. Los profesores también eran libres de utilizar reglas y paletas como castigo corporal.

Unos días después, necesitaba ir al baño, así que hice lo que hacen la mayoría de los escolares del mundo: levanté la mano. Me paré y le dije en español. Por supuesto, ella no entendió. Esta vez, envió a uno de mis compañeros de clase a otra salon para buscar a alguien que hablara español. Esto fue en 1953, todavía no había demasiados latinos en nuestro vecindario.

Llegó una chica que hablaba español y me preguntó qué quería. Se lo dije y ella se volvió hacia la maestra y le dijo: "He has to pee!" ("Tiene que orinar".) La risa que siguió fue estridente y en ese instante me di cuenta de que tenía que aprender el nuevo idioma lo más rápido posible. Mi hermano y yo nos ayudamos mutuamente practicando y enseñándonos mutuamente las palabras nuevas que aprendimos. También encontramos algunos atajos. Descubrimos que cualquier palabra en inglés que terminara en "tion" era la misma palabra y tenía el mismo significado en español cuando la "t" se reemplazaba por una "c". Hay excepciones, pero muy pocas. Lo mismo funciona a la inversa. Hay aproximadamente 13.000 palabras en inglés que se convierten en español con solo cambiar la "t" por una "c"; "information" se convierte en "informacion" con un ligero cambio en la pronunciación. Para los que no hablan Ingles, ya aprendieron mas de 13,000 mil palabras en un instante.

Nota: no hay sonidos de vocales largas en español; todos
son sonidos cortos y entrecortados como la "A" en América
y no como la "A" en Nation.

Nuestra madre nos ayudó comprándonos cómics y otros libros para niños
y más tarde la Enciclopedia Británica. Otro consejo útil fue asegurarse
de que miráramos programas de noticias en television, ya que ella sabía
que los locutores tenían excelente gramática y pronunciación. En unos
meses ambos éramos estudiantes "A".

La vida continuó con tanta normalidad como la de cualquier
preadolescente o adolescente, excepto por los incidentes que se describen
en el siguiente capítulo:

Casi-Casi En peligro de Muerte
Close Calls (En Ingles)

Las siguientes situaciones no causaron la muerte, pero ciertamente la habrían causado si no hubiera estado presente lo misterioso que me protege.

Edad 9 - Coney Island, Nueva York. En un viaje al parque de diversiones de Coney Island, quería subirme a la montaña rusa. Éste se llamaba El Ciclón. Me alojé con mi tía, que era mucho más gorda que yo. El cinturón de seguridad la sujetaba firmemente pero estaba muy flojo a mi alrededor. En su caída más grande de 85 pies con un ángulo de descenso de 58,6 grados y una velocidad de 60 millas por hora, el asiento bajó rapido pero yo subí. Mi tía reaccionó instantáneamente y me agarró las piernas antes de que saliera volando del asiento. Ella me apretó hasta que terminó el viaje. Ella lloró, yo no.

Edad 14: fui a la piscina del vecindario con mi hermano, un tío y otros amigos. Mi tío no sabía nadar. Cayó al fondo de la piscina. Vi que estaba angustiado, grité llamando a mi hermano que estaba al otro lado de la piscina. Me sumergí, con la esperanza de levantarlo y mantener su cabeza fuera del agua hasta que llegara mi hermano u otra ayuda. Mi plan funcionó durante unos segundos, pero mi tío entró en pánico, me agarró la cabeza y me rodeó con sus piernas. Nos hundimos y ambos nos hubiéramos ahogado si no hubiera llegado ayuda. Mi hermano había corrido hasta el fondo de la piscina, se zambulló y arrancó con fuerza a nuestro tío de mí. Entonces pude salir a la superficie y respirar de nuevo. Vi como mi hermano empujaba a mi tío hasta el borde de la piscina. Luego otros lo sacaron del agua.

15 años Thomas Edison HS Filadelfia. Estaba en mis primeros días de secundaria. Caminando por el pasillo camino a una clase, un chico mucho más grande que yo chocó contra mí. No pensé que tenía importancia y seguí caminando. El estaba con tres amigos. Me gritó:

"Oye chico, ¿no vas a decir perdón?" ¿Dije por qué? Te topaste conmigo".

Luego dijo: "No, las cosas no son así. Tenemos que resolver esto".

Pensé para mis adentros que estaba en un gran problema; cuatro contra uno. Pero nunca he retrocedido. En esa época, las disputas se resolvían yendo al baño de los niños y peleándose. Entonces los cuatro y yo nos dirigimos al baño más cercano. Una vez en la habitación se quitó la chaqueta y empezó a bailar como si fuera Muhammad Ali. Dejé mis libros en el suelo y me quedé quieto. De repente, la puerta se abrió de golpe y entraron tres muchachos gigantes. Pensé de momento: "Oh, maldita sea, ahora estoy en un problema más grave". El joven más grande se paró justo frente a mí, me agarró la barbilla con su mano gigante y la movió de lado a lado.

Luego preguntó: "¿Eres el hermano del cavernícola?" (Caveman)

Con alegría oculta, dije: "¡Sí! ¡Sí!"

Luego se volvió hacia mi posible agresor, lo agarró por la camisa, lo puso contra la pared y dijo: "¡No jodas con el hermano de Cavernícola!".

Lo soltó y los cuatro agresores salieron corriendo del baño. El apodo de mi hermano es "Caveman" (Cavernícola), es más grande que yo y jugó al fútbol con los tres gigantes que me salvaron, al menos de una lesión grave. Nadie volvió a desafiarme. De vez en cuando caminaba por los pasillos de la escuela flanqueado por dos o más jugadores de fútbol.

16 años: Fairmount Park, Filadelfia. En una reunión durante un evento de volteretas, hice una maniobra de salto hacia atrás que había hecho muchas veces antes, pero esta vez aterricé sobre mi cabeza en vez de con gracia en mis pies. Termine en coma durante 3 días y no sufri ninguna lesión adicional. O eso creía ene ese momento.

17 años: centro de Filadelfia. Al cruzar una calle con el semáforo en verde, escuché un chirrido, giré a la izquierda y me atropelló un coche. El impacto me hizo volar pero solo recibí rasguños, moretones y una rodilla dolorosa... sin roturas.

Edad 22 - Filadelfia. Trabajando en mi gasolinera, un convertible con 5 hombres en el automóvil se detuvo en el surtidor y pidió $5 de gasolina. Comencé a bombear gasolina y todos los hombres salieron del auto. Se posicionaron detrás de mí. Uno sacó un arma y me apuntó. Como de costumbre, no entré en pánico, sino que en realidad me sentí impotente. Mi perro entrenado salió y le susurré la señal "míralos", que solo significa ladrar y gruñir, pero no atacar. El perro empezó a ladrar y gruñir. Terminé de bombear aproximadamente al mismo tiempo. Los hombres, aparentemente temiendo a mi defensor, subieron a su coche, arrojaron al aire un billete de cinco dólares y se marcharon. Pensándolo bien, no creí que planearan robarme o matarme; Nunca lo sabré con certeza, pero estaba extremadamente orgulloso y agradecido por mi salvador canino. Ese fue el primer encuentro con un oponente armado en estado civil después de la guerra; Había más por venir en mi futuro.

Edad 23 - Filadelfia - Conduciendo un Chevy del 57 recientemente mejorado, pasé una señal de alto y fui atropellado por un Mercedes nuevo. El impacto me obligó a deslizarme sobre el banco (los cinturones de seguridad no eran la norma en ese momento). Rompí la ventanilla del pasajero con la cabeza y luego volví a romper el parabrisas con el cráneo cuando el auto Golpeó los escalones de entrada de la propiedad de la esquina. La policía me llevó al hospital más cercano, donde me trataron de los moretones y me dieron de alta. Mi amigo me recogió en el hospital y nos dirigimos al lugar para comprobar cómo estaba mi coche. Mi auto quedó destrozado y ambos estábamos asombrados de que sobreviví con solo un dolor de cabeza y algunos moretones.

Edad 28 Long Island, Nueva Jersey Fui a un viaje de buceo con mi primo para explorar un barco hundido en el mar cerca de Long Island en el sur de Nueva Jersey. Mi primo entró al barco por un agujero en el casco pero se enredó en unos cables que colgaban. Vi que estaba luchando y me acerqué a su posición. Los buceadores submarinos sólo pueden comunicarse mediante señales manuales. Sentí que estaba empezando a entrar en pánico. No podría cortar los cables metálicos con mi cuchillo. Tuve que calmarlo y sacarlo de la maraña de cables en la dirección opuesta en la que entró. En otras palabras, sacarlo en reversa de como entro. Fueron necesarios unos minutos insoportables para completar la extracción. Se calmó tan pronto como estuvo libre y salimos a la superficie sanos y salvos.

Edad 32: este es el evento más extraño e inexplicable de mi vida. Necesito una respuesta para resolver el misterio, pero me resisto a visitar a un médium o psíquico para buscar ayuda. Consideraré cualquier teoría.

En la carretera I-95 en algún lugar de Carolina del Norte de camino a Florida, un viaje que hice y sigo haciendo con frecuencia. Mientras navegaba a la velocidad indicada en ese momento de 60 mph, de repente me puse muy nervioso y comencé a temblar. Sentí una abrumadora necesidad de parar. No soy psíquico ni creo en lo sobrenatural. Sin embargo, esa vez supe que tenía que obedecer el impulso extremadamente contundente de detenerme. No hubo voces fantasmales, premoniciones oscuras ni ninguna otra advertencia excepto los espasmos nerviosos físicos y antinaturales de mi cuerpo. Me detuve en el arcén derecho y apagué el motor del coche. Unos 10 minutos después. Escuché y vi una flota de vehículos de policía, bomberos y rescate pasar volando por donde estaba estacionado.

Para entonces, el nerviosismo y la ansiedad se habían disipado. Sintiéndome tranquilo y sin sensación de temor, encendí el motor y salí a la carretera. Diez millas más adelante me encontré con una vista impresionante. Un camión con remolque que se dirigía hacia el norte cruzó la mediana, cruzó hacia el lado sur, se volcó, perdió su carga de postes telefónicos y terminó en el bosque junto a los carriles con dirección sur. La carretera estaba llena de postes telefónicos y bloqueada por vehículos de primeros auxilios, por lo que tuve que detenerme nuevamente para esperar a que se despejara la escena del accidente. Vi cómo los bomberos utilizaban equipo especial para sacar al conductor del camión que estaba atrapado en la cabina. Comencé a hacer algunos cálculos rápidos y concluí que si hubiera continuado a 60 millas por hora durante los diez minutos anteriores cuando me obligué a detenerme, habría estado en el mismo lugar en el que me encontraba ahora y habría sido el receptor del ataque del camión fuera de control y decenas de postes telefónicos voladores. Nunca he tenido premoniciones antes o después de ese incidente. Es inexplicable, pero sucedió y nunca lo olvidaré. Los lectores ya deberían saber que no creo en criaturas sobrenaturales, deidades, demonios, santos, ángeles guardianes o cualquier otro elemento religioso o supersticioso. Fue una premonición inespecífica que me sirvió bien esa noche. La mayoría de los miembros de mi familia que siguen creencias religiosas insisten en que estoy aquí por una razón. Si es así, sea lo que sea que debo hacer, aún no lo he hecho y se me está acabando el tiempo.

35 años: Oficina del Sheriff de Filadelfia. Mientras transportaban a un prisionero al hospital y atravesaban un complejo de viviendas, se escuchó un disparo. Mi compañero detuvo la camioneta y yo salí de ella. Cuando salí, un joven cruzó la calle corriendo hacia mí y chocó contra mi camioneta. Miré hacia abajo y vi una gota de sangre en sus nalgas, saqué mi arma y vi a un hombre mayor a unos 15 pies frente a mí con una pistola en la mano. El estaba rodeado por un grupo de espectadores. No pude disparar por miedo a daños colaterales. Al parecer, el hombre armado no se había fijado en mí ni en mi vehículo marcado. Su atención se centró en su objetivo principal, pero cuando me vio dijo: "¡Oh, mierda! Y puso su arma en una bolsa negra y salió corriendo. Estaba vestido completamente de negro y se subió a un Caddy blanco. No pude perseguirlo porque tenía un interno enfermo en la camioneta y una víctima sangrando a mi lado. Cuando el niño se volvió hacia mí, la parte delantera de sus pantalones estaba empapada de sangre. El respaldo llegó en minutos. Les di la descripción del tirador y del auto.

El tirador fue detenido poco después, pero el joven murió en camino al hospital. Para aquellos que se preguntan por qué no disparé: soy (o era) un tirador experto, pero eso fue en un ambiente controlado, un campo de tiro seguro, disparando a objetivos de papel que no disparan hacia atrás, donde no fluye excesiva adrenalina. sin multitud de espectadores, donde hay tiempo para respirar hondo, apuntar con cuidado y apretar suavemente el gatillo. Sólo el Llanero Solitario disparó el arma de la mano de un villano en cada episodio de televisión.

Edad 37 - I-95 Filadelfia - En mi motocicleta con mi hijo en el asiento trasero, mi llanta trasera reventó. La bicicleta se balanceaba de un carril a otro mientras yo intentaba reducir la velocidad y detenerme. Por suerte para nosotros, ese día el tráfico en la I-95 era poco y los autos detrás de mí, al darse cuenta de mi situación, redujeron la velocidad para darme espacio para maniobrar la bicicleta averiada hasta una parada segura en el arcén derecho. Algunos conductores gritaban "buen trabajo" al pasar. Mi hijo nunca volvió a viajar conmigo. Ese fue uno de los acontecimientos que me dio una idea de que quienes están cerca de mí también están más seguros cuando las cosas van mal.

Edad 38: Al salir del trabajo en mi nuevo Pontiac Trans-Am, una camioneta se pasó una luz y chocó contra mi auto por el lado del pasajero. Mi vehículo quedó destrozado sin posibilidad de reparación. Me fui sin un rasguño. Simplemente molesto porque mi auto nuevo fue destruido.

Edad 42 - Oficina del Sheriff Mientras realizaba un desalojo, cometí el error de no esperar a mi pareja. Había hecho muchos desalojos sin problemas y me volví complaciente. Llamé a la puerta para avisar. Un hombre mayor abrió la puerta y me apuntó con una escopeta a la cara. Luego dijo: "No te llevarás mi casa". Mi Glock estaba en mi funda; No sirve de mucho, ya que "arma en mano" es mil veces mejor que pistola enfundada. Una vez más, no entré en pánico. Simplemente puse mis manos frente a mí y dije: "Lo siento señor, no quise molestarlo". Y muy lentamente caminé de regreso a una distancia más segura. Luego pedí refuerzos y a nuestro escuadrón SWAT, quienes manejaron la situación sin disparar un solo tiro. El hombre fue arrestado y recuperamos su propiedad.

44 años: apenas dos años después de destrozar mi segundo automóvil, estaba conduciendo por 5th Street en Filadelfia, cruzando Allegheny Avenue y una limusina chocó contra el panel lateral del conductor a aproximadamente 60 millas por hora. Mi auto dio un giro completo de 360 grados. En total, tres autos terminaron en un depósito de chatarra, pero nuevamente salí ileso. Una multitud de personas rodeó la limusina mientras mi coche y yo éramos totalmente ignorados. Más tarde descubrí que el pasajero de la limusina era el famoso luchador profesional de la WWE, Shawn Michaels.

Edad 52 Navegando a 42.000 pies sobre el Océano Atlántico. En un viaje de vacaciones al Caribe, el avión en el que viajaba, acompañado por mis padres y algunos de mis nietos, fue alcanzado por un rayo. Las luces interiores se apagaron, el avión se estremeció y cayó lo que pareció unos cientos de metros.

El pánico y las súplicas a gritos de la intervención divina de los más de 150 pasajeros son difíciles de describir.

Como ya he mencionado varias veces, no me entra el pánico fácilmente. Creo firmemente que la preocupación, las quejas y el pánico no sirven para nada. Mucha gente se preocupa por posibles acontecimientos futuros. Preocuparse es una pérdida total de tiempo si el evento temido no ocurre y, si ocurre, la preocupación no tuvo ningún efecto para prevenir el problema. Es muy parecido a quejarse de algo que ninguna fuerza de voluntad puede cambiar. El clima, las acciones de los demás, son excelentes ejemplos. En cuanto a entrar en pánico en una situación aparentemente desesperada, si el avión estaba a punto de estrellarse, no quería desperdiciar los pocos minutos que tenía, paralizado por el horror. Mis niños me miraban con miedo y lágrimas en los ojos y mi trabajo era calmarlos y aliviar su sufrimiento aunque solo fuera por unos momentos. También quería estar preparado para tomar medidas positivas si sobrevivía al accidente o aterrizaba en el agua. Pronto sonrieron conmigo disfrutando de las payasadas de los súper religiosos que profesan anhelar el cielo pero tienen miedo de morir.

Todo lo que esperaba eran pilotos capaces. Ellos eran. Después del golpe y la caída libre de cientos de pies, el capitán habló por el altavoz y dijo que todo estaba bajo control. Les dije a mis hijos: "Miren, todo ese pánico y llanto no sirvieron de nada. Fueron las manos hábiles y firmes de los pilotos, no las puntuaciones unidas en oración, las que salvaron el avión".

76 años VA Hospital Filadelfia. Me implantaron un desfibrilador después de un revestimiento plano dos veces en 2017. (Capítulo 1) Me dijeron que si alguna vez sentía alguna molestia en el pecho debía ir directamente a la sala de emergencias. Sucedió y entré por precaución.

Normalmente tengo presión arterial baja y esa información está en mi historial médico. No sabía que a las personas con presión arterial baja no se les debían dar tabletas de nitroglicerina. Los médicos de urgencias también deberían haberlo sabido, pero lo primero que hicieron fue ponerme una tableta debajo de la lengua. Me estrellé casi al instante. Sólo pude ver imágenes borrosas. No pude hablar. Todavía podía oír y era consciente de lo que sucedía a mi alrededor. Pidieron un "carro de emergencia" y un "código azul". No pude ver con claridad, pero sabía que había al menos una docena de personas en la sala. Estaba sudando mucho y tengo mucho pelo. La doctora principal ordenó un electrocardiograma, pero los cables no se pegaban debido al sudor y la vellosidad. El técnico siguió teniendo problemas para conectar los cables y escuché al médico gritar: "¡Apúrate, joder! ¡Date prisa, joder! Esa es la primera vez que escuché a un médico entrar en pánico y maldecir, y además a una doctora. Algunos de los que estaban en la sala sujetaron los cables con los dedos mientras la máquina hacía su trabajo. Cuando se imprimió el informe, el médico pronunció más palabras aterradoras: "Dios mío, esto está al revés". No sé lo que quiso decir pero no sonó bien. Los manguitos de presión arterial estaban en automático y finalmente notaron que mi presión arterial era crítica. No estoy exactamente seguro de qué hicieron, pero parte de la solución fueron líquidos intravenosos. Mis ojos se aclararon y recuperé mi voz. Cuando el cuarto se despejó, una enfermera dijo: "Seguro que nos diste un susto". Mi respuesta: "Diablos, Ustedes me dieron un susto, casi me matan". Ella respondió con "Sí, lo sé". Unas horas más tarde mi hijo me llevó a casa. Sólo lo cuento como una decisión que estuvo cerca ya que mi corazón no se detuvo.

Servicio Militar

"No le tengo miedo a la muerte; Simplemente no quiero estar ahí cuando suceda". —Woody Allen

Ésta es una parte de mi historia que merece notas introductorias. Los acontecimientos conducirían al año más horrible de mi vida. John F. Kennedy fue elegido presidente en noviembre de 1960. El 20 de enero de 1961 pronunció su discurso inaugural. Mi madre y mi tía eran admiradoras devotas y me pidieron que las llevara a Washington DC para asistir al discurso. Yo tenía sólo 16 años en ese momento y no estaba involucrado en asuntos políticos, pero él también me agradaba. Escuché su discurso con mudo interés. La cita «No preguntes qué puede hacer tu país por ti, pregunta qué puedes hacer tú por tu país». se convirtió en la frase más citada y apreciada de toda la oración. No sabía que otras tres secciones del discurso me afectarían a mí, así como a más de dos millones de adolescentes dentro de unos pocos años en el futuro.

"Que cada nación sepa, ya sea que nos desee bien o mal, que pagaremos cualquier precio, soportaremos cualquier carga, afrontaremos cualquier dificultad, apoyaremos a cualquier amigo, nos opondremos a cualquier enemigo para asegurar la supervivencia y el éxito de la libertad.

Esto es lo que prometemos... y más...

A aquellas personas en las chozas y aldeas de medio mundo que luchan por romper las ataduras de la miseria masiva, les prometemos nuestros mejores esfuerzos para ayudarlos a ayudarse a sí mismos, durante el período que sea necesario, no porque los comunistas puedan estar haciéndolo, no porque Buscamos sus votos, pero porque es lo correcto. Si una sociedad libre no puede ayudar a los muchos pobres, tampoco puede salvar a los pocos ricos... Desde que se fundó este país, cada generación de estadounidenses ha sido convocada a dar testimonio de su lealtad nacional. Las tumbas de jóvenes estadounidenses que respondieron al llamado al servicio rodean el mundo. Ahora, la trompeta nos convoca nuevamente, no como un llamado a portar armas, aunque las necesitamos. No como un llamado a la batalla, aunque en la batalla estamos, sino como un llamado a soportar el peso de una larga lucha crepuscular año tras año, regocijándonos en la esperanza, pacientes en la tribulación, una lucha contra los enemigos comunes del hombre. Tiranía, pobreza, enfermedades y la guerra misma..." JFK 1961

Destaqué las partes que el presidente prometió al mundo. Las frases "chozas y aldeas" y "pagaremos cualquier precio, soportaremos cualquier carga, enfrentaremos cualquier dificultad, apoyaremos a cualquier amigo, nos opondremos a cualquier enemigo" fueron especialmente proféticas. Poco sabía que la responsabilidad y el precio de honrar la promesa serían Pertenecen a millones de hombres y mujeres, la mayoría de los cuales eran simples niños en ese momento. Mi turno llegó apenas tres años después, cuando recibí la carta que sigue a continuación.

Del presidente de los Estados Unidos

Saludos: Por la presente se le ordena su incorporación a las Fuerzas Armadas de los Estados Unidos. Preséntese en 401 N. Broad St. Philadelphia, PA el 9 de septiembre de 1965 para reenviarlo a una Estación de Inducción de las Fuerzas Armadas.

El orden es directo, inequívoco y frío. Los reclutas son "reenviados", como si fueran paquetes, mercancías o correos electrónicos del día de hoy.

La redacción era la menor de mis preocupaciones. Estaba comenzando una aventura que terminaría en dos años o antes con consecuencias impredecibles, incluidas lesiones graves o la muerte. No tenía idea de cuánto estaba a punto de cambiar mi vida.

A principios de 1965, tuve dificultades para elegir una universidad. Me aceptaron en varios pero me resistía a decidir a cuál asistir. Mis opciones fueron interrumpidas abruptamente y se volvieron discutibles con la llegada de esa carta del Servicio Selectivo en agosto de 1965: Saludos; Ha sido incluido en las fuerzas armadas de los Estados Unidos.

Mis opciones, mi juventud y mi libertad me fueron arrebatadas en un instante. La idea de huir a Canadá o de evitar el servicio no pasó por mi mente. Me llamaron y respondí.

9 de septiembre: centro de iniciación 401 N. Broad St. Filadelfia, PA. En compañía de varios cientos de jóvenes desamparados e infelices, pasé por el proceso de inducción.

Al principio del proceso, los nuevos miembros se alinearon frente a una cortina que se extendía a lo largo de toda el área de reunión. Nos dijeron que contáramos de tres en tres. La siguiente orden fue: "¡Uno de cada tres hombres, den un paso adelante!" Lo hicieron. Varios oficiales del Cuerpo de Marines salieron de detrás de la cortina y dijeron: "Ahora estás en el Cuerpo de Marines de los Estados Unidos. ¡Sigue al sargento! Se los llevaron, y los dos tercios restantes de los incorporados nunca más los vieron ni supieron de ellos. No ser reclutado en la Infantería de Marina fue el único evento positivo de ese día.

 Poco después, nos subieron a autobuses y nos llevaron a la estación de tren de la calle 30 en el norte de Filadelfia. Horas más tarde, nos encontramos en lo más profundo del sur y finalmente en Fort Gordon, Georgia.

Casualmente, más adelante en mi investigación, descubrí que el fuerte que serviría como mi primer hogar militar y lugar de entrenamiento básico llevaba el nombre del general George Brown Gordon, apodado "9 vidas Gordon". Su apodo me llamó la atención. No nació muerto ni estaba enfermo cuando era niño, pero seguramente tenía una habilidad especial para resultar herido y sobrevivir . Muchas de las heridas de batalla fácilmente podrían haber sido fatales. Sobre todo porque en aquella era preantibiótica muchas heridas, no consideradas mortales, acababan matando al paciente vía infección. Vivió hasta 1904 y murió a la edad de setenta y dos años.

 En una batalla, recibió dos disparos en la pierna izquierda. Una hora más tarde, una tercera bala de mosquete le atravesó el brazo izquierdo, hiriendo tendones y músculos. Un cuarto disparo le alcanzó en el hombro. Las heridas no terminaron ahí. Aunque apenas podía caminar debido a la pérdida de sangre, intentó volver a unirse a la batalla, pero un quinto disparo entró en su mejilla y le destrozó la mandíbula. Cayó boca abajo sobre su sombrero. Se dice que se habría ahogado en su propia sangre si una bala anterior no le hubiera hecho un agujero en el sombrero, permitiendo que la sangre rezumara.

Meses después, una bala de base hueca (bola Minié) le atravesó el abrigo y le rozó la espalda. En una batalla posterior sufrió otra herida en la cabeza. No está claro cómo recibió la herida en la cabeza con mucha sangre, pero un informe afirma que fue por un corte de sable. Aproximadamente dos semanas antes de que el general Robert E. Lee se rindiera, el general Gordon recibió su última herida de la guerra. Esta vez fue sólo una herida superficial en una pierna.

Sufrió infecciones y enfermedades adicionales durante la guerra pero, a pesar de la extrema prevalencia de las infecciones, sobrevivió a todas y vivió hasta 1904.

Dejé de lado mi narrativa e incluí una breve nota sobre las hazañas de guerra de un general confederado porque me pareció interesante que terminé en una base que lleva el nombre de otro hombre que desafió a la muerte más de una vez. No encaja en la categoría del Efecto Lázaro ya que nunca fue declarado muerto. (aunque algunos médicos dijeron que debería haber muerto). Sin embargo, recibe al menos una mención de honor debido a su asombroso talento para superar lesiones que deberían haberlo matado. Si no las lesiones en sí, sino las infecciones que seguramente siguieron, *John B. Gordon* – Wikipedia

El viaje en el tren en sí transcurrió sin incidentes, destacable sólo por el choque cultural de ver fuentes de agua y baños etiquetados como "Sólo para blancos" o "Sólo para personas de color" cuando el tren cruzaba la línea Mason-Dixon. Me quedé tan sorprendido como los muchos futuros soldados negros (ése no era el término aceptado entonces) e hispanos a bordo. En el tren conocí a José Montalvo, un chico peruano de 17 años que se alistó para convertirse en ciudadano estadounidense. Hablaba poco inglés y lo ayudé con su problema de idioma durante el viaje y luego en la formación básica. Como latinos, no sabíamos qué baño o fuente de agua usar. Como José era un poco mas "moreno" que yo, pensamos que sería más prudente y seguro utilizar las instalaciones "de color".

Jose y yo terminamos en la misma empresa de formación básica. Traduje tanto como pude y lo ayudé a aprender suficiente inglés para seguir órdenes básicas. Creo que su falta de dominio del idioma hizo que obtuviera calificaciones bajas en las pruebas de aptitud, lo que resultó en su asignación como soldado de infantería y eventualmente en su muerte en Vietnam. No pretendo degradar a los soldados de infantería. Las fuerzas armadas son un equipo sinérgico con diversas clasificaciones laborales, cada parte es tan importante como la otra. Se utiliza una batería de pruebas para determinar para qué MOS (Especialidad Ocupacional Militar) el Ejército cree que uno está mejor calificado. A veces se tienen en cuenta solicitudes personales. Siempre me pregunté por qué alguien solicitaría entrenamiento de infantería, pero esa era una opción disponible y muchos optaron por el entrenamiento de combate.

No aburriré a nadie con los detalles del entrenamiento básico, excepto por dos incidentes notables. Me sorprendió cómo se adoctrinaba a los jóvenes reclutas para que desarrollaran una mentalidad de "matar". Todos los días, en algún momento, mientras estábamos sentados en las gradas escuchando a un oficial dar un discurso, se nos pedía que saltáramos cuando se nos ordenaba y gritáramos: "¡MATAR!". Ni una sola vez, durante todo el proceso de entrenamiento, salté y grité la palabra. Incluso a mi corta edad, me di cuenta de que no podía ser parte de un programa de lavado de cerebro.

El segundo evento notable ocurrió durante el entrenamiento de la carrera de obstáculos. Una mañana me torcí gravemente el tobillo y me enviaron a la enfermería. Después de las radiografías, me vendaron el tobillo. Estuve con muletas durante aproximadamente un día, pero como no quería que me reciclaran, me obligué a continuar con lo básico a pesar de que tenía un dolor intenso. Los resultados de las radiografías entrarán en mi historia más adelante en esta narración. Por ahora, digamos que completé el nivel básico según lo programado.

Después de ocho semanas de entrenamiento básico y una batería de pruebas de aptitud para determinar la Especialidad Ocupacional Militar más adecuada, partimos hacia nuestro Entrenamiento Individual Avanzado (AIT). Hablando de pruebas AIT y MOS, en algún momento durante este período, a algunos de nosotros se nos notificó que calificamos para el entrenamiento de vuelo en helicóptero y la oportunidad de ascender a entrenamiento de suboficial. Siempre había soñado con ser piloto después de leer "Pilot Jack Knight" cuando era preadolescente. Salté cuando tuve la oportunidad. Desafortunadamente, no pasé el examen de la vista. Los pilotos militares necesitan una visión excepcional. En cierto sentido, tuve suerte porque más tarde descubrí que la esperanza de vida de los pilotos de helicópteros de Vietnam se medía en minutos. A menudo me he preguntado si mi siempre presente aura protectora de vida habría servido también durante una batalla aire-tierra o al aterrizar en una zona caliente para evacuar a los soldados heridos.

Me encontré en Fort Holabird, Baltimore, MD, Escuela de Inteligencia del Ejército. El chiste habitual era que la Inteligencia del Ejército era un oxímoron, pero al menos era mejor que aprender a ser cocinero, oficinista, o soldado de infantería. No es intención faltar el respeto; todas son posiciones vitales que hacen que el Ejército y otros servicios armados sean organizaciones sinérgicamente eficientes.

Me formé como Analista de Inteligencia (MOS 96B20). Ese número se convirtió en un tema importante más adelante en mi carrera militar.

Tenga en cuenta que mi amigo mencionado anteriormente, José Montalvo, fue al entrenamiento de infantería y luego se ofreció como voluntario para entrenamiento de paracaidista adicional. Debido al entrenamiento adicional, llegó a Nam un mes después que yo. Lamentablemente, murió en acción en la guerra. Más tarde descubrí que era un buen amigo de la hermana de mi mejor amigo, pero nunca lo había conocido antes del día del reclutamiento.

Una vez más, los detalles del AIT son tan aburridos como el entrenamiento básico, excepto por las radiografías de mi tobillo antes mencionadas. Un día tuve un dolor de muelas terrible y tuve que ir a urgencias. Al parecer, todos los registros médicos se guardan en el mismo archivo. Mientras me sentaba en el sillón del dentista, él tomó mi expediente y una radiografía se cayó de la carpeta. Por curiosidad, el dentista lo puso en el lector de rayos X. Luego preguntó: "¿Cómo está tu tobillo roto?" "¿Qué tobillo roto?" Yo pregunté.

Resultó que mi tobillo estaba levemente fracturado en la fase básica pero nunca fue tratado. Me llevaron al Hospital Militar Walter Reed, donde me pusieron un yeso desde los dedos del pie hasta el muslo. De ningún tratamiento a excesivo, pensé en ese momento. Sólo usé el yeso durante una o dos semanas. Después de una revisión más detallada, un ortopedista militar decidió que era solo una pequeña grieta y que había sanado lo suficientemente bien como para descartar el yeso. Fue el único yeso que necesité, ya que nunca me rompí un hueso a pesar de los tres vehículos destrozados y de ser atropellado por otro.

Después del AIT, me asignaron al 519.º Batallón de Inteligencia Militar, Compañía B (Analistas). Otras compañías eran subdivisiones de inteligencia militar como Intérpretes de Imágenes, Interrogadores, Cartólogos y la altamente reservada Compañía A, que estaba compuesta por Agentes o "Espantas" como los llamamos.

El batallón tenía su base en Ft Bragg, Carolina del Norte, donde esperábamos su despliegue en Vietnam. Mi empresa (B) estaba programada para zarpar en junio de 1966 y la mayoría de nosotros esperábamos con ansias el permiso habitual de 30 días antes de dirigirnos a la zona de guerra.

La congruencia de los acontecimientos puede complicarse al contarlos ya que, a medida que se desarrollaron, no tenía conocimiento de qué sucesos anteriores contribuyeron al FUBAR (Fu***d Up Beyond All Repair) general que siguió.

Resultó que algún tiempo después de llegar a Ft. Bragg y asignada a mi compañía,. La Compañía A se encontró con un hombre corto y sin el, el grupo no estaba completo para tener Orden de Fuerza de Batalla. Estaba previsto que esa empresa viajara a Vietnam a principios de mayo, ya que todo el personal había regresado de su licencia de 30 días.

Una noche, alrededor de las 2 o 3 de la madrugada, un escuadrón de policías militares entró en mi cuartel, gritando mi nombre y despertando a toda la compañía. Me estaban buscando. No tenía idea de lo que estaba pasando pero aun así me identifiqué. Dos o tres de los brutos me agarraron y mis pies nunca tocaron el suelo hasta que me dejaron caer a los pies del Teniente

Coronel Johnson en el cuartel general de la Compañía A. Estaba vestido sólo con ropa interior, calzoncillos, y camiseta. El coronel inmediatamente comenzó a lanzarme preguntas, la principal fue "¿Dónde carajo, has estado, te hemos estado buscando durante un mes?"Tengo un talento único para no entrar en pánico, pero todavía estaba en cierto nivel de conmocionado e incredulidad. Le dije: "Señor, he estado al otro lado de la calle en el cuartel de la compañía B desde AIT. Sólo estoy esperando mi licencia de 30 días".

"No vas a ninguna parte; Partimos hacia Nam en seis días". Habló.

"Eso no puede ser, necesito ver a mi familia antes de partir". Respondí.

El coronel, con cierta apariencia de lástima, pareció haber comprendido que el error no era mío y que no me había ausentado deliberadamente. Sin embargo, sin mostrar ninguna debilidad, me empujó contra la pared y me advirtió severamente que me dejaría ir a casa durante tres días, pero que si no regresaba en el tiempo asignado, haría que todos los parlamentarios de Filadelfia me buscaran. .

No tuve elección, así que acepté. Rápidamente consiguieron un asiento en Piedmont Airlines (una compañía primitiva cuyos aviones parecían trampas mortales, pero, una vez más, mis opciones eran limitadas). Apreciaron mucho mi permiso relámpago. El tercer día casi pierdo el vuelo de regreso debido a circunstancias fuera de mi control. Un camión lleno de cerdos volcó en la autopista y los cerdos que escaparon pararon el tráfico por millas. Un amigo que casualmente también estaba de permiso antes de Vietnam me llevó al aeropuerto y encontró rutas alternativas de manera experta.

Llegamos apenas a tiempo. La puerta de mi avión asignado se estaba preparando para cerrarse. No había TSA en ese momento, por lo que no hubo ningún laborioso control de seguridad antes de abordar. Salí corriendo hacia mi puerta sin la oportunidad de despedirme adecuadamente de mis padres, sin abrazos ni apretones de manos. El desvencijado avión despegó ruidosamente y tuve que mirar por la ventanilla para comprobar que las alas no batían. Casualmente, mi nieto menor empieza a trabajar para Piedmont Airlines como mecánico de aviones en aproximadamente un mes.

Al aterrizar en Fayetteville, Carolina del Norte, un jeep me esperaba en la pista y desde allí comenzó una ráfaga de actividad a prepararme para la siguiente aventura. Todavía no era consciente de la intriga de fondo que provocó la expulsión de mi empresa y el traslado a la empresa de los Spooks. Debería haber recibido una pista ya que me ordenaron comprar ropa de civil, tuve que calificar con un especial de detective .38, me ordenaron no saludar a los oficiales, ignorar mi rango y responder solo a "señor" Reyes, en otras palabras en estatus civil . En ningún momento nadie explicó lo que había sucedido ni por qué. Se esperaba que yo lo siguiera como si fuera parte o estuviera al tanto del siniestro plan.

Había estado en mi compañía original durante meses, con algunos desde capacitación básica y a través de AIT. Muchos fueron considerados amigos de algunos que se convirtieron en amigos para toda la vida.

No conocía a nadie en la Compañía A y era un poco marginado. Todos los agentes eran "RA" (Ejército regular o voluntarios de 4 años), sus números de servicio tenían el prefijo RA, mientras que los incorporados llevaban una designación con las letras "US" antes de sus números de serie. Además, todos eran graduados universitarios y, sobre todo, todos caucásicos. Yo era el único hispano en toda la unidad, incluido el departamento del cuartel general que maneja el papeleo mundano. Tenga en cuenta que esto fue antes de que la Ley de Derechos Civiles fuera aplicable. No creo que haya hablado más de tres palabras con ninguno de los agentes, excepto con los oficiales, si se dirigieron a mí primero, durante toda mi asociación con ese grupo.

Mi nueva compañía levantó el campamento según lo previsto y partió hacia la guerra. Una vez más, tuve poco contacto personal, y mucho menos conversación con los miembros de la unidad de élite. Me trataron como a un paria, no más importante que una bolsa de lona. En la práctica me ignoraron, pero como no soy una persona demasiado amigable, fue más fácil lidiar con el trato de "persona non grata". El viaje transcurrió sin incidentes pero fue aburrido y largo.

Vietnam
1965 a 1967

"Una sola muerte es una tragedia; Un millón de muertes es una estadística." —Joseph Stalin

Al llegar al paraíso del Sudeste Asiático, el clima me recordó a mi isla original. Me alegré de que el verano fuera eterno y no tuviera que lidiar con el frío o caminar a través de nevadas profundas como lo hicieron mis tíos en Corea y Europa.

Aparte del clima, no había mucho más que celebrar. Afortunadamente, no aterrizamos como lo hicieron las tropas el Día D en Francia bajo una lluvia de ametralladoras y granadas de mortero, sino que tuvimos que correr desde los aviones de transporte C-130 para subir a los camiones que nos esperaban. Pudimos ver nuestros aviones y helicópteros despegando en una batalla a sólo unas pocas millas de distancia. Los camiones que abordamos nos llevaron a la base del batallón, a cuarenta kilómetros de Saigón, en medio de la nada.

El cuartel general del 519.º Batallón MI era un complejo de buen tamaño protegido por un río y alambre de púas a lo largo de nuestro lado de la orilla del río y altos muros en los otros tres lados. La fuerza militar fue proporcionada por un destacamento de infantería, que realizó patrullas periódicas, manejó las torres de ametralladoras y proporcionó seguridad para el complejo del cuartel general de Inteligencia. Sin embargo, todos estábamos armados y se esperaba que participáramos en cualquier emergencia. Estaba calificado para M-60 por si acaso. Durante un asalto, mi tarea era una torre de ametralladora si fuera necesario para reemplazar a cualquier ametrallador herido durante un asalto.

Viajé desde Estados Unidos en compañía de extraños poco comunicativos y permanecí más o menos solitario durante el viaje. Al llegar al complejo del país, vi a algunos soldados uniformados y noté una etiqueta con su nombre en español. "Maldita sea, estoy en casa", pensé. Me presenté y descubrí que él era parte de un escuadrón dentro del destacamento de infantería. Eran diez; todos Boricuas, de mi isla natal y su líder de escuadrón era el sargento. E-5 Medina. Más tarde ese día, todos se reunieron para darme la bienvenida al complejo y ayudarme a aclimatarme a las condiciones. El grupo, ahora formado por once personas, se reunió en el club de suboficiales del recinto. Medina lucía un magnífico bigote tipo manillar, que era lo que se hacía en aquellos días. La mayoría bebía mucho, ya que no había mucho que hacer en Nam excepto beber y visitar casas de mala reputación cuando no estaba patrullando, haciendo guardia o, en mi caso, husmeando en documentos e informes (todavía creía que era un analista).

No bebo, pero eso no me lo reprochan. Hablamos toda la noche hasta que cerró el club de suboficiales. Cada uno de nosotros fuimos a nuestras respectivas tiendas de campaña o cabañas Quonset.

Acababa de recostar la cabeza sobre la almohada, debajo de la cual guardaba el revólver que me entregaron. Lo agarré instantáneamente al escuchar el primer disparo.

Todo tipo de pensamientos oscuros entraron en mi cabeza: voy a morir en mi primera noche, todo lo que tengo es un pequeño revólver de cinco disparos, mientras que todos los demás soldados uniformados llevan un M-14 (el M-16 aún no estaba disponible) y el enemigo estaba armado con AK-47. Como mencioné anteriormente, tiendo a no entrar en pánico durante situaciones adversas, pero estoy sujeto a pensamientos aterradores. Corrí hacia la puerta y la abrí con cuidado. Nadie más se había movido todavía, supuse que estaban acostumbrados a disparos ocasionales. Salí en ropa interior.

Vi a un soldado en el suelo. A mi derecha vi al sargento Medina corriendo hacia el cuerpo tendido y disparando rápidamente su M-14 contra el soldado en el suelo. A mi izquierda, el guardia de la puerta del recinto disparó una vez y alcanzó a Medina en la pierna. Todo esto tomó apenas milisegundos y en ese breve período, fue difícil evaluar toda la situación, especialmente teniendo en cuenta mi inexperiencia. Mi único pensamiento fue: "nos estamos matando unos a otros".

He repetido esa escena en mi cabeza innumerables veces y todavía es incomprensible. Con el paso de las horas, los hechos se fueron aclarando. Mi nuevo amigo y breve mentor, Medina, estaba borracho, pero quería más. El guardia de la puerta no le permitió salir del recinto para visitar el bar/prostíbulo local, calle abajo desde la base. Dado que el sargento Medina superaba en rango al guardia, el guardia llamó al sargento de la guardia, SFC Birdsong, quien le dijo a Medina: "Vuelve a tu carpa y bebe otra vez mañana". Esa petición no le agradó. Medina fue a su carpa, tomó su M-14, disparó el primer tiro a distancia y ese fue el tiro que me sacó de mi litera.

Fue un día difícil el que siguió, sobre todo porque fui uno de los dos testigos del bombardeo, excepto el primer disparo, que oí pero no vi. Para aquellos que no están familiarizados con el término "fragmentación" (fragging), describe el acto de disparar a un compañero soldado, generalmente a uno de mayor rango, con el propósito de resolver una disputa, insulto o falta de respeto, real o imaginario. La fragmentación suele ocurrir durante un tiroteo, cuando es difícil determinar quién disparó a quién.

La banda de hermanos latinos ya se quedó corta y pasamos muchos días tristes recuperándonos del susto. La muerte de SFC Birdsong fue catalogada como resultado de "fuego amigo". El principal problema era que el fuego "amigo" era de nuestro amigo y el fuego amigo real suele ser accidental. El número del grupo disminuiría a medida que la tragedia avanzaba inexorablemente para recordarnos dónde estábamos y evitar que nos volviéramos complacientes. Este evento no debería haber sido declarado "Fuego Amigo" ya que ese término se utiliza cuando los aviones lanzan bombas o cohetes cerca de sus propias tropas. Además, cuando los comandantes de campo solicitan fuego de artillería sobre su propia posición cuando corren peligro de ser invadidos. Este fue un asesinato inducido por el alcohol. Más tarde descubrí que los altos mandos militares informaron que la causa era un prisionero de guerra fugado, pero no había prisioneros de ningún tipo en nuestro campo.

Sargento Medina finalmente fue declarado culpable de todos los cargos y sentenciado a cadena perpetua.

Unos días después del tiroteo, mi condición de civil y mi membresía en la asamblea de élite pero taciturna de agentes de la Compañía A llegaron a un abrupto final. Se ordenó a la unidad que se reuniera en el club de suboficiales para recibir asignaciones de funciones. Cuando el teniente coronel a cargo me llamó por mi nombre, me encontré con él en una mesa, donde me explicó que me dirigiría a una provincia del norte de Vietnam con un socio y allí obtendría detalles. Eché un vistazo a mi archivo abierto y me quedé sin aliento cuando vi que mi MOS había sido cambiado a 97B20 cuando debería haber sido 96B20. Le dije que mi MOS estaba alterado. El coronel dijo: "¿No es tu un agente? Le dije: "No. Soy analista". El oficial pareció enojarse mucho pero se calmó y me preguntó cómo llegué a la Compañía A. Le conté un resumen de mi experiencia desde mi asignación al Batallón. Afortunadamente, estuvo de acuerdo en que yo no tenía la culpa ni era responsable de la misteriosa transferencia o ajuste de registros. Lo llamó un verdadero "grupo de mierda" del Ejército.

La explicación más lógica era que a la compañía de agentes le faltaba un hombre para tener la fuerza del "Orden de Batalla". (Nota: La fuerza del orden de batalla se refiere al personal y al equipo necesarios antes de ingresar a una zona de guerra). No se determinó por qué se seleccionó mi nombre. Me gustaría creer que se debió a puntajes altos en los exámenes o algún otro talento que no conocía, pero podría haber sido tan simple como sacar un nombre de un sombrero.

No importa el motivo, estaba libre de ellos. Me dijeron que esperara hasta que mi unidad original de analistas llegara a Vietnam. Surgió un problema inesperado cuando descubrí que, si bien me habían transferido físicamente, algunos de mis registros o archivos no. En otras palabras, no recibiría ningún pago hasta que los registros o mi antigua empresa me alcanzaran en aproximadamente un mes. Tampoco tenía uniformes.

Continué fingiendo, o al menos sin mencionar, que ya no tenía estatus de civil ni era un fantasma. Dado que casi todos en el complejo tenían autorización "secreta", se hicieron o respondieron muy pocas preguntas. Una autorización secreta también conlleva la condición de "necesidad de saber". También odiaba saludar y aunque todos sabían (o pensaban) que yo era un agente; Nadie cuestionó mi desprecio por el protocolo militar. Hubo uno, el sargento Brown, que sospechó y preguntó por qué yo seguía allí cuando la Compañía A se había ido hacía días. Le dije que hablara con el comandante del Batallón y que no estaba obligado a responder ante nadie. Nunca subió en la cadena de mando, pero me observó como un halcón. Seguía recibiendo correo como "señor" ya que nunca recibí órdenes en contrario. El sargento sospechoso no tenía "necesidad de saber" mi nombre, número de rango de servicio, estatus o motivo para estar allí. Escribí a casa y les pedí a mis padres que me enviaran algo de dinero en efectivo ya que no me pagaban. Uno de los pocos beneficios de servir en una zona de guerra es que el correo es gratuito y no se requiere envío postal.

Todos los días, la mayor parte del batallón salía del complejo en un convoy y viajaba al centro de inteligencia en la base aérea Ton Son Nhut en Saigón, acompañado por un agregado de la unidad de infantería asignada para defender nuestro complejo y escoltarnos durante el viaje.

Un día me monte en un vehículo de transporte y fui a la sede de Intel en el aeropuerto Ton Son Nhut, donde me reuní con el coronel a cargo y le pedí un trabajo después de explicarle mi terrible experiencia y aburrimiento. Era un hombre muy agradable, pero no perdía de vista la ametralladora Thompson que había sobre su escritorio. Se dio cuenta de mi interés y me explicó que la base aérea estaba sujeta a asaltos periódicos, en su mayoría breves ataques de mortero, y a algún zapador ocasional. El coronel me dijo que no podía hacer nada por mí hasta que aparecieran mis registros, pero que podía visitar la base cuando quisiera. Tenía mi identificación, que indicaba autorización "secreta".

Aunque el viaje a la base en jeeps y camionetas de ¾ de tonelada era peligroso, hacía viajes frecuentes para aliviar el aburrimiento, además la base tenía una piscina enorme, que usaba en ocasiones. Un día, sentado al borde de la piscina, un soldado se acercó y se sentó a mi lado. Al principio no lo reconocí (había crecido mucho más que yo desde la última vez que nos vimos). Mencionó mi nombre y dijo: "Soy yo Julio, ¿no me reconoces?". Habíamos sido amigos casi desde que nacimos hasta que su familia se mudó a otra ciudad cuando éramos adolescentes. Todo volvió en un instante. Estaba destinado en la base realizando mantenimiento de helicópteros. Su trabajo principal era mantener el helicóptero de un coronel y, como tal, podía usarlo prácticamente a voluntad. Viajaba con frecuencia a Vung Tau, un R&R (descanso y relajación) en el país con una gran playa, relativamente segura y los lugares más limpios para la compañía femenina. Me invitó a acompañarlo en sus frecuentes viajes, que se convirtieron en aventuras regulares.

El vuelo a Vung Tau fue corto pero emocionante. Los pilotos de helicópteros se encuentran entre los hombres más valientes que conocí en el servicio. Nuestro piloto habitual asumió que éramos igual de valientes y no tuvo problemas para evaluar nuestra determinación de volar al nivel de las copas de los árboles e invitar al fuego enemigo. El helicóptero tenía una ametralladora M-60 montado en la puerta, para el cual estaba calificado, pero nunca tuve la oportunidad de disparar por ira o por diversión. Fue especialmente temible después de que The Stars and Stripes (periódico militar) publicara un artículo sobre la guerra con helicópteros. El estúpido informe incluía diagramas e instrucciones detalladas sobre la forma más eficiente en que el VC (enemigos) podía derribar helicópteros del ejército. Hablé con él sobre el artículo. A El no le importa. Era su helicóptero y lo pilotaría como quisiera.

Julio y yo perdimos contacto después de que nos dieron el alta, pero nos volvimos a conectar un par de años después a través de un conocido en común. No le está yendo bien debido a las complicaciones del Agente Naranja que he podido superar o al menos mantener a raya. Otra triste noticia es que su hermano menor perdió ambas piernas en Vietnam y su hermano mayor murió también debido al asesino Agente Naranja.

Mi unidad original llegó como se esperaba. Pasé días contándoles mi historia a mis viejos amigos. Llegaron mis registros militares y mi bolso de lona personal lleno de uniformes. Estaba de nuevo en el elemento uniformado del ejército Americano, no en la unidad clandestina que me mantuvo como rehén durante semanas. Fueron necesarios algunos días para resolver el papeleo, pero nadie pudo explicar la serie de hechos ocurridos. No pudieron o no quisieron.

Volví a trabajar con mi compañía original y todo transcurrió como si nada inusual hubiera sucedido. Pronto se impuso la rutina. Todos los días salíamos del complejo en forma de convoy, viajando aproximadamente 40 kilómetros hasta la base aérea de Tan Son Nhut, donde se realizaba el trabajo de inteligencia real. En más de unas pocas ocasiones, nuestro convoy se encontró con fuego enemigo mientras atravesaba espesos bosques a ambos lados de la carretera o mientras atravesaba un concurrido mercado. Un día, conduciendo el jeep del teniente y siguiendo a un camión de ¾ de tonelada, vi a un guerrillero salir y arrojar una granada al camión que estaba delante de mi jeep. Los soldados sentados detrás saltaron del vehículo y sólo sufrieron heridas menores de metralla. El agresor se mezcló con la multitud y escapó mientras nosotros continuamos nuestro camino menos un vehículo.

Me pusieron a cargo de la unidad que investiga personalidades militares, cuya tarea era identificar a los comandantes enemigos, estudiar la fuerza, las tácticas, el equipo, la ubicación y los movimientos y Orden de Batalla de la unidad. Los intérpretes de imágenes estudiaron fotografías aéreas para verificar la ubicación. Los interrogadores proporcionaron los resultados de los interrogatorios de los prisioneros de guerra y los resultados de las entrevistas de los agentes de campo. También llegaron informes de mi antigua Compañía A temporal, y me pregunté si podría haber fingido y haber hecho el trabajo sin poner en peligro a mi socio asignado ni a mí mismo.

Vietnam era mucho más peligroso para la infantería o las unidades especiales que estaban en el campo realizando misiones de búsqueda y destrucción y sujetas a ataques diarios. Los pilotos de helicópteros tenían una esperanza de vida corta. Los pilotos de aviones y de reconocimiento también estaban en constante peligro. En una guerra de guerrillas, cada soldado estadounidense era un objetivo para el enemigo. Desde terroristas suicidas, lanzadores de granadas en solitario o francotiradores hasta asaltos en masa en cualquier parte del país, cada soldado tenía que estar en alerta constante.

Al otro lado del río desde nuestro campamento, un francotirador realizaba varios disparos contra el recinto de forma regular. En el año que estuve allí, nunca golpeó a nadie, pero tampoco pudimos encontrarlo.

No era un gran tirador, pero era un experto en esconderse. Lo más cerca que estuvo fue una bala que atravesó el techo de mi choza Quonset. Una tarde de fin de semana, estaba leyendo en mi litera. Uno de mis amigos estaba haciendo lo mismo en la litera de al lado. Escuché un ping y miré a mi amigo que se había puesto pálido y no podía hablar. Tenía una sábana cubriendo sus piernas y vi humo saliendo de entre sus piernas. La bala alcanzó justo debajo de sus partes íntimas, pero el agujero estaba en el fino colchón y no en su persona. Le llevó un tiempo recuperarse del shock, pero después nos reímos mucho.

Hablando de partes privadas, como se señaló anteriormente, no había mucho que hacer después de las tareas habituales excepto beber o buscar alguna satisfacción sexual. La edad promedio de los soldados de Vietnam era de 19 años y la mayoría tenía poco control de las agitaciones hormonales. Aunque peligrosos, los viajes a la cercana Saigón eran comunes. La calle Tu Do en la ciudad capital era famosa por la cantidad de casas de placer, como ha sido la regla desde que los soldados fueron asignados al servicio en países extranjeros.

Uno en particular se consideró de muy alta calidad pero debido a su popularidad, había un límite de tiempo. Cada habitación tenía un despertador que se activaba en el momento en que el cliente entraba a la habitación. Fue un caso clásico de "slam, bang, gracias señora". Sólo fui allí una vez. No me gusta que me apresuren. Al llegar a Vietnam escuché que una forma de evitar las ETS era orinar inmediatamente después de tener relaciones sexuales. No sé si eso es cierto, pero el consejo tenía sentido ya que es lógico suponer que los microbios invasores pueden ser eliminados mientras están en la uretra antes de que encuentren un lugar seguro y agradable para instalarse, replicarse y comenzar el proceso de invasión en la uretra. cuerpo huésped.

La escapada limitada por la alarma ni siquiera permitió una pausa para ir al baño antes o después. Necesitaba protegerme y, afortunadamente, al salir del establecimiento me encontré con un auténtico monzón nada más poner el pie en la calle. Me empapé al instante, así que simplemente hice mis necesidades mientras caminaba, y la lluvia furiosa eliminó cualquier posible invasor microscópico.

Muchos soldados no tuvieron tanta suerte debido a que no utilizaron protección ni tomaron medidas defensivas poscoitales. Un joven, que en ese momento sólo tenía 17 años, contrajo una infección que provocó que sus genitales se hincharan hasta proporciones gigantescas. (Elefantiasis: agrandamiento de partes del cuerpo debido a la inflamación del tejido causada a menudo por infecciones por gusanos parásitos – Wikipedia). Sólo el toque de una sábana causaría un dolor intenso, así que simplemente se quedó allí, con las piernas abiertas y completamente expuesto. Creo que el abuso que recibió por parte de soldados insensibles fue peor que la enfermedad. Finalmente se recuperó, pero con una historia de guerra demasiado embarazosa para compartirla.

Durante las horas de trabajo, estaba ocupado trabajando con mis compañeros analistas y asociados. Por las noches, en el cuartel general del batallón, mantenía contacto con mis compañeros isleños. La mayoría de las conversaciones giraban en torno a lo que haríamos cuando "volviéramos al mundo". Algunos planearon su R &R (Descanso y Relajación) fuera del país y discutieron cuál era el mejor destino. Las opciones fueron Tokio, Tailandia, Australia y otros. No necesitaba esa corta vacacion fuera del país porque podía visitar Vung Tau con mi amigo Julio cada vez que teníamos uno o dos días libres.

Un viaje de descanso y relajación se convirtió en una experiencia trágica para dos de mis hermanos boricuas. Uno de mis amigos me pidió que consiguiera un jeep y lo llevara al aeropuerto de Tan Son Nhut. Estaba en una misión y no pude ir. Pidió a dos de los otros soldados puertorriqueños que lo llevaran. Lo hicieron, pero en el camino de regreso después de dejarlo, decidieron disfrutar del camino en los montes. Los encontramos varios días después en condiciones demasiado horribles para describirlas. A veces me preguntaba por qué mis compatriotas isleños nativos parecían tener objetivos pintados en sus espaldas. De los once originales, sólo dos de nosotros logramos pasar el año sin circunstancias drásticas o fatales.

Es especialmente cierto en el caso de los soldados de combate que participan en la batalla de forma regular que no pueden permitirse la complacencia o el descuido en ningún momento. Aquellos de nosotros que veíamos acción esporádicamente a veces nos adormecíamos en un estado de somnolencia en el que la atención se embota y el instinto de conservación se pierde en el subconsciente. Es sorprendente cómo unas cuantas rondas de mortero enemigas bien colocadas pueden devolvernos a la realidad y al horror de la guerra.

El 4 de diciembre de 1966, los zapadores del Vietcong atacaron la base aérea de Ton Son Nhut. La primera oleada fue con granadas de mortero y luego con un asalto armado que incluía zapadores. Mientras "entraban" los proyectiles de mortero, se sentía como si un gigante se abriera camino hacia nuestra posición. Los morteros "caminantes" se producen cuando un observador en lo alto de un árbol o en un terreno elevado observa dónde impacta un mortero y luego aconseja a la tripulación que levante la puntería uno o dos clics, hasta alcanzar el objetivo preferido. A medida que cada mortero se acercaba al edificio de Inteligencia, algunos soldados perdieron cualquier apariencia de deber y valor. Algunos lloraron; otros llamaron a sus mamás y algunos incluso quedaron paralizados por la inacción. El miedo, especialmente el de la muerte inminente, tiene una forma de eliminar el orgullo, las inhibiciones e incluso el control de las funciones corporales. Era más aceptable si un soldado recién llegado perdía la calma, pero no para uno con experiencia. Al igual que en las viejas películas de guerra, algunos soldados tuvieron que ser abofeteados para "entrar en el juego". No siempre funcionó. Uno o dos todavía terminaron acurrucados en un rincón.

Cada uno tenía un puesto o función preasignada en caso de una agresión. El coronel con su siempre a mano metralleta Thompson nos cubrió mientras algunos subían a las torres de ametralladoras. Las armas que me entregaron en ese momento eran un revólver de punta chata calibre .38 de mis días de "agente" y un M-14. Un joven de 17 años recién llegado se colocó conmigo en una ventana para observar a cualquiera que lograra superar nuestras defensas iniciales. El joven estaba casi a punto de llorar, pero lo hizo bien. Otros sucumbieron a sus miedos y no les fue tan bien.

Las fuerzas entrantes todavía estaban a buena distancia. La base aérea tenía un perímetro de más de trece millas y teníamos la ventaja decisiva del poder aéreo disponible. Helicópteros de asalto y aviones se dirigieron hacia los bordes exteriores. Logré disparar algunas ráfagas a aquellos que lograron pasar, pero no puedo decir con certeza si le di a alguien ya que había otros disparando en la misma dirección. El asalto comenzó a última hora de la tarde y estuvo activo toda la noche. Cuando oscureció, los helicópteros arrojaron bengalas y el lugar se iluminó como un amanecer en el Caribe. Mi joven compañero dijo entusiasmado: "¡Guau, ahora podemos verlos!" Le respondí: "¡Sangano, ahora ellos también pueden vernos!". Uno de los morteros alcanzó directamente nuestro edificio y una ventana cercana a la mía se hizo añicos. El muchacho que estaba conmigo saltó ante el impacto y cayó sobre el cristal roto de la ventana. Recibió un corte menor en una mano, pero sangró lo suficiente como para ganarse el Corazón Púrpura. Fue casi un golpe directo a mi posición, pero no lo agregaré como una de mis situaciones más cercanas. Las paredes de nuestro edificio eran sólidas. *Ataque del Viet Cong a la base aérea de Tan Son Nhut (1966)* | Wiki militar |

Este fue el primer y último asalto a la base durante mi período de servicio. Hubo otro al año siguiente en la ofensiva del Tet de 1968.

Desafiando el peligro para la base en el ataque de diciembre de 1966, los comandantes del MACV (Comando de Asistencia Militar de Vietnam) de EE. UU. no mejoraron la seguridad de la base. Tenían la impresión de que cualquier ataque enemigo podría ser fácilmente descubierto y repelido antes de que ingresaran al interior de la base. Ellos estaban equivocados. Un año y un mes después, el 31 de enero de 1968, el Viet Cong atacó con una fuerza mayor. La batalla fue más severa que en la que yo estaba. En ese asalto, veintidós estadounidenses murieron y veintinueve soldados vietnamitas perdieron. Las fuerzas atacantes del VC perdieron 669 hombres. Por suerte yo no estaba allí en ese momento.

Después de esta batalla, MACV aprendió la lección e inició medidas defensivas más fuertes, no sólo en Ton Son Nhut, sino en todas las bases aéreas del país. El equipo pesado incluía más emplazamientos de mortero y ametralladoras montadas en vehículos blindados en lugar de jeeps. También se agregaron al arsenal defensivo ametralladoras M50 y rifles sin retroceso M-67. Fue un caso típico de muy poco y demasiado tarde.

La Base de la Fuerza Aérea fue finalmente tomada durante la caída de Saigón que se produjo del 4 de marzo al 30 de abril de 1975, fue el último gran acontecimiento de la guerra, sin contar la frenética evacuación de Saigón, ahora conocida como Ciudad Ho-Chi-Minh.

Mi recorrido continuó con escaramuzas ocasionales en el cuartel general del batallón, así como con el francotirador que nunca golpeó a nadie o encuentros ocasionales muy breves en la ruta hacia y desde el centro de inteligencia. Perdí algunos amigos más en el camino, pero en particular aquellos de relaciones públicas que parecían tener una mala suerte como grupo. Es posible que Medina todavía esté en la cárcel, dos emboscados en una desgraciada aventura. Uno, cuando sólo quedaban dos días de estancia en el campo, celebrado en exceso con alcohol y drogas, y que lo sacaron con camisa de fuerza. Otras cinco personas murieron o resultaron heridas en diversos incidentes. Sólo Kiko y yo logramos salir sin heridas físicas ni visibles. El daño de la toxina interna apenas comenzaba a afianzarse y evolucionar. Psicológicamente todavía no estoy seguro.

Todas las guerras son brutales y tienen poca o ninguna compasión por ninguno de los bandos. El conflicto de Vietnam fue inusual en el sentido de que los soldados enviados a la batalla en la llamada "defensa de su país" fueron, durante un tiempo, despreciados, no agradecidos e incluso sujetos a abusos al regresar de la guerra. Mi amigo peruano, que murió con la esperanza de facilitar su camino hacia la ciudadanía, podría haberse arrepentido de su elección si se hubiera encontrado con la acogida que experimentaron algunos repatriados. Según se informa, mi alma mater, Edison HS, sufrió más bajas de exalumnos que cualquier otra Escuela Superior del país. Algunos estaban en mi promoción de graduación. Se está construyendo un hogar para veteranos discapacitados en el lugar de la antigua escuela secundaria Edison. Quizás algún día pueda regresar como residente.

Supongo que mi primera noche no fue inusual, ni el peor escenario posible. Muchos sufrieron mayores indignidades o lesiones. No importa si fue su primer o último día. Las lesiones irreparables en el cuerpo y la mente a menudo persisten durante toda la vida, a veces en silencio. Demasiados hicieron el sacrificio final. Vidas incumplidas y desapercibidas, salvo sus nombres grabados en una pared de granito negro.

Empresas y aplicación de la ley

*"La vida que te queda es un regalo. Aprecialo. Disfrútalo ahora,
al máximo. Haz lo que importa ahora."* —Leo Babauta

En los últimos días en Vietnam, dos oficiales me interrogaron y me aconsejaron. Una serie de avisos eran para recordarme que tenía una autorización "secreta" y que no debía discutir ninguna de mis funciones ni nada relacionado con la información de Inteligencia. La otra era hacerme una oferta que creía o esperaba que no pudiera rechazar. La oferta era de 30 días de licencia en mi hogar y regresar a Vietnam. Ascenso inmediato a E-5 (sargento) y $7,000 en efectivo. Quería reírme pero solo sonreí y dije ¡Gracias, pero NO! Ni siquiera consideré que con esa oferta en efectivo en ese momento, podría haber comprado tres Ford Mustang nuevos o un Corvette de primera línea y me sobraría cambio. Es interesante que menos de dos años después, compré un Corvette Sting Ray nuevo por mi cuenta, sin rendirme a cuatro o más años adicionales en el ejército y más giras en Vietnam.

Me alegré aún más de rechazar la oferta porque, a mi regreso de Vietnam en 1967, descubrí que mi padre había perdido su trabajo. Era un gran mecánico pero debido a su edad no pudo conseguir un buen trabajo. Había ahorrado la mayor parte de mi salario por el servicio y obtuve un buen bono de "reunión".

Con lo que llamé mi dinero de sangre de Vietnam, decidí abrir una estación de servicio. Mi padre se encargaba de las reparaciones mecánicas mientras yo bombeaba gasolina y administraba el negocio. Funcionó mucho mejor de lo que esperaba. En tres años ya era propietario de tres estaciones de servicio con hasta veintiocho empleados.

Aunque me iba bien con mi propio negocio, siempre había soñado con ser oficial de policía. La oportunidad surgió en 1968. La ciudad anunció un examen para encontrar personas calificadas que quisieran convertirse en policías. Obtuve una puntuación entre los cinco primeros entre unos veintisiete mil solicitantes.

En los años cincuenta, sesenta e incluso setenta, el clima racial no favorecía a los afroamericanos ni a los hispanos. Se habló de algo llamado "Acción Afirmativa" definida como "…una política destinada a aumentar las oportunidades laborales y educativas para las personas que están subrepresentadas en diversas áreas de nuestra sociedad. (y) busca revertir las tendencias históricas de discriminación contra personas con determinadas identidades". El programa se introdujo debido a la Ley de Derechos Civiles de 1964.

Se creía que los solicitantes blancos con puntuaciones más altas podían ser ignorados para llegar a un candidato negro o hispano con puntuaciones más bajas. No estoy seguro de si esa era la práctica real, pero en mi caso, no sería necesario saltarse a nadie para llegar hasta mí, ya que se necesitaban muchos reclutas y yo estaba cerca de la cima de la lista en el número cinco.

Lamentablemente, el racismo seguía siendo rampante en muchas áreas de trabajo, incluido el departamento de policía.

Todos los que obtuvieron una puntuación superior a un determinado número tendrían que pasar un examen físico, una investigación de antecedentes, un polígrafo y una prueba de drogas. Personal médico realizó los exámenes físicos y oculares. Todas las demás pruebas estuvieron en manos de agentes de policía, incluidas la altura y el peso. En aquellos días, la altura mínima era de cinco pies y siete pulgadas.

Cuando me vieron los oficiales que controlaban la altura y el peso, me sacaron de la fila y me trasladaron a una habitación contigua. Estaba en calcetines y ropa interior, pero me hicieron quitarme los calcetines y me inspeccionaron las plantas de los pies para asegurarse de que no tuviera nada debajo de los talones. Luego me dirigieron a una pared que parecía una pared de alineación con líneas numeradas en pies y pulgadas. Había tres policías en la habitación conmigo. Me apoyaron contra la pared y un oficial se puso de rodillas para asegurarse de que no levantara los talones. Otro policía me empujó la cabeza hacia abajo para que no pudiera estirar el cuello. El tercero se quedó mirando el gráfico de la pared. Tan pronto como la parte superior de mi cabeza bajó de la marca de 5'7" (bajo la mano inútil del aplastador de cabezas), gritó: "es subnormal, sáquenlo de aquí". Me vestí sin hacer comentarios y me fui a casa. Al salir del edificio, pasó junto a mí un oficial de policía blanco que era claramente más bajo que yo. No le di importancia. Yo no era como Rosa Parks. Lo que más me molestó fue que otros cuatro candidatos me habían superado en la prueba escrita.

Todavía tenía mi negocio y unirme a la policía habría significado un enorme recorte salarial. Mi primo pasó por la misma experiencia, pero se defendió en los tribunales y ganó. Ascendió al rango de teniente y se retiró como oficial altamente condecorado.

Esta parte de la historia de mi vida continuará diez años después.

Al regresar a mi negocio, disfruté de algunos años fructíferos. Tropecé algunas veces y cometí errores que resultaron costosos a largo plazo. Tenía 22 años y creía que tenía el control total de mis finanzas y mi negocio. Mi padre me decía que invirtiera, comprara algunas propiedades o simplemente ahorrara. Le dije: "Papá, si lo hago hoy, puedo hacerlo mañana". Me equivoqué. En ese momento no me di cuenta de que la mayoría, si no todas, las empresas pueden verse influenciadas por acontecimientos en otras partes del mundo.

El 4 de noviembre de 1979, la embajada estadounidense en Irán fue invadida y tomada por estudiantes iraníes. Ese acto inició un efecto dominó que creó una crisis del petróleo y la gasolina en Estados Unidos. Se racionó la gasolina y, para reducir las compras de pánico y las largas colas en las gasolineras, se empleó el sistema de etiquetas pares e impares. Los automóviles con etiquetas que terminan en un número par pueden comprar gasolina los lunes, miércoles y viernes. Las etiquetas con terminaciones en números impares podrían aumentar el combustible los martes, jueves y sábados. El domingo fue libre para todos. Incluso con este programa, los automóviles que esperaban su turno para cargar gasolina formaban filas durante cuadras, a veces esperando durante horas.

La escasez no sólo afectó a la población en general, sino también a las empresas, especialmente a las directamente afectadas por la escasez de petróleo y gas. Gran parte de los ingresos de mi negocio provinieron de las ventas de gasolina. Si no se podía entregar gasolina, no podría venderla.

Como no había prestado atención a las advertencias de mi padre, no había ahorrado mucho dinero. El pozo se estaba secando. Tuve que despedir a algunas personas y vendí mi Corvette con la esperanza de que la crisis de Irán terminara pronto y pudiera salvar mi negocio. También intenté vender mi participación en las estaciones de servicio, pero no era una inversión segura en ese momento. También consideré la posibilidad de declararme en quiebra, pero a finales del año sucedió algo que me ofreció una segunda oportunidad.

La ciudad anunció un nuevo examen para el Departamento de Policía. Este examen no era para agentes de patrulla sino para despachadores de policía. Me lancé a ello de todos modos. Para entonces, el clima racial se había aliviado un poco y, debido a las demandas y a la nueva igualdad de oportunidades de empleo, se eliminaron los requisitos de altura, lo que permitió que se presentaran más mujeres y hombres más bajos. Hice la prueba nuevamente. Esta vez ocupé el puesto 21 en la lista de elegibilidad. Dieciséis puestos por debajo de mi puntuación diez años antes. Me preguntaba si había perdido algo de agudeza mental desde 1968. Más tarde descubrí que los solicitantes con puntuaciones iguales eran colocados en la lista utilizando las fechas estampadas de las presentaciones en las solicitudes como criterio de desempate.

Pasé cinco años en el departamento de policía, pero era padre soltero y los turnos de turno eran una carga insoportable. Luego escuché que la Oficina del Sheriff estaba contratando. Los trabajos eran diferentes pero no mucho. Cambié de bando y nunca me arrepentí del cambio. La policía supervisa el derecho penal, mientras que los diputados se ocupan del derecho penal y civil.

En el ámbito penal, la policía se ocupa de los presuntos delincuentes hasta que son procesados o acusados. Luego, el sheriff asume la responsabilidad de transportar a los prisioneros hacia y desde el tribunal. Si está en libertad bajo fianza y no se presenta ante el tribunal ni se escapa, se emite una orden de fugitivo y es trabajo del Sheriff encontrarlo y devolver a la persona buscada a la cárcel. La mejor parte para mi hijo y para mí fue que el trabajo era todo el día, con fines de semana y días festivos libres. Excepto por detalles especiales, los sheriffs de Filadelfia no patrullan las calles ni emiten multas de tráfico, por lo que es relativamente más seguro.

A medida que la crisis de Irán se calmó, dejé mis negocios y me concentré en el nuevo trabajo. Intenté seguir en el negocio, pero una doble función habría perjudicado a uno o al otro. Además, mi salario era suficiente para mis necesidades y el trabajo era mucho más agradable. Era el trabajo soñado que siempre había querido. La única decepción fue que me deberían haber contratado diez años antes.

A medida que mi hijo creció, asumí diferentes facetas del trabajo. Mi favorito fue como miembro de la Unidad de Órdenes de Fugitivos. Si un prisionero se escapa o si se salta una cita en la corte mientras está bajo fianza y es arrestado en otro estado, las autoridades de ese estado llaman y preguntan si todavía lo queremos. Dos agentes vuelan o conducen hasta esa jurisdicción para recuperar a la persona buscada.

Mis viajes favoritos eran a mi isla natal, Puerto Rico, donde podía visitar a amigos y familiares durante al menos unas horas y mas. Otros beneficios incluyeron ascensos ocasionales a primera clase cuando volaban para recoger a un fugitivo o volaban de regreso después de entregarlo. Siempre estábamos armados. Cuando viajábamos con un prisionero, siempre subíamos primero. El prisionero estaba esposado pero tenía las manos cubiertas con una chaqueta o suéter para no asustar a los pasajeros. Nos sentamos en la última fila y el prisionero en el asiento del medio. No se permiten llamadas al baño a menos que sea un vuelo muy largo. Me enorgullece decir que mi pareja y yo nunca tuvimos una escapatoria, ni nadie lo intentó.

Mis años como ayudante del sheriff fueron interesantes, emocionantes y peligrosos en ocasiones, pero era el tipo de trabajo para el que disfrutaba levantarme por la mañana. Ya he mencionado un par de acontecimientos peligrosos, la escopeta que me apuntó a la cara y el disparo a un joven a pocos metros de mí. Como miembro de la Unidad de Órdenes de

Fugitivos, tuve que arrestar a fugitivos que no estaban muy dispuestos a volver a la cárcel o cumplir órdenes de arresto. Las persecuciones ocasionales a pie eran inevitables. Entrené corriendo tres millas, tres veces por semana y entrenando para carreras de cinco kilómetros que normalmente se realizan para agentes del orden. El problema era que los fugitivos que evitaban el arresto eran generalmente más jóvenes y más rápidos que yo, pero tenían menos aguante. Mientras los mantuviera a la vista, estaba seguro de que eventualmente los alcanzaría cuando se cansaran. Debo admitir que en algunas ocasiones un oficial más joven estuvo en posición de hacerse cargo de la persecución y brindarme algo de alivio. Se volvió un poco más difícil a medida que envejecí un poco y el equipo que llevaba no se volvió más liviano. El cinturón de herramientas incluía una pistola, una maza, esposas y una pistola Taser. La pesada armadura corporal y el no uso de zapatillas para correr aumentaban la desventaja. Una persecución breve pero divertida fue cuando el joven que buscábamos saltó por una ventana del segundo piso vestido solo con ropa interior de bikini en un día frío y húmedo. Sólo corrió una cuadra antes de sumergirse debajo de una camioneta. Desafortunadamente para él, se sumergió en un montón de excremento de perro. Fue sorprendente, pero desafortunado para el oficial de menor rango, ya que tuvo que esposar al sucio y apestoso delincuente. Como cortesía inmerecida, lo acompañamos de regreso a su casa y permitimos que su familia lo limpiara y le consiguiera algo de ropa antes de meterlo en nuestra camioneta de prisioneros.

Una de mis tareas favoritas era visitar escuelas para hablar con los niños sobre el peligro de las drogas y asegurarles que los agentes del orden no eran el enemigo. A los niños les encantó más cuando trajimos a nuestros perros K-9 para mostrarles cómo podían localizar drogas ocultas en minutos. El oficial y su perro esperaron afuera del salón de clases mientras otro oficial escondía una pequeña muestra de una sustancia controlada. Al entrar en la habitación, soltaron al perro para que olfateara. Por lo general, al dar una vuelta por la habitación, el perro indicaba que había encontrado algo. Los niños aplaudieron y a algunos se les permitió acariciar al perro. Luego, los agentes se turnaron para responder preguntas. La primera pregunta de los niños solía ser:

"¿Podemos ver tu arma?" O "¿Le has disparado a alguien?" La respuesta a ambas fue siempre: "No".

Las dos mejores visitas a escuelas fueron cuando las clases seleccionadas fueron aquellas en las que mi nieto y mi nieta eran estudiantes. Sólo tenía dos de ellos en ese momento. Ahora tengo seis de los grandes y 10 bisnietos y uno más en camino.

Otro programa que teníamos para niños mayores se llamaba "asustados directamente". Trajimos a los estudiantes, generalmente niños que tenían un historial de comportamiento disruptivo en la escuela, a nuestra sala de celdas y los tratamos como si fueran prisioneros. No hay estadísticas que muestren si ese programa fue efectivo o no.

Jubilación

*"La vida no debe ser un viaje a la tumba con la intención
de llegar sano y salvo en un cuerpo bonito y bien conservado,
sino más bien patinar de costado en una nube de humo,
completamente agotado, totalmente agotado, y proclamar en
voz alta: "¡Guau!" ¡Qué paseo!"* —Hunter S. Thompson

Los últimos años de empleo se volvieron más difíciles debido al progreso de mis dolencias inducidas por el Agente Naranja; para entonces, algunas de las enfermedades habían progresado lo suficiente como para ser diagnosticadas. No tuve más remedio que jubilarme anticipadamente. La mayoría de los delincuentes tienen entre 18 y 35 años y, aunque yo todavía estaba en buena forma, una persecución o confrontación directa con un delincuente mucho más joven podría haber resultado problemática. Entregué mi placa y como el Gobierno de los EE. UU. y la Administración de Veteranos ya me habían clasificado como discapacitado, me retiré por discapacidad.

Para mantenerme ocupado, desarrollé un interés por la genealogía y el ADN. Comencé con mi propia historia ancestral. El primer paso fue evaluar mi ADN para descubrir la receta que detalla las diversas etnias que por casualidad, accidente o conquista deliberada se combinaron para terminar conmigo. Estaba familiarizado con la mayor parte de mi composición genealógica, pero quería una lista más detallada y oficial.

Mi ascendencia es 63 por ciento del sur de Europa, principalmente de la Península Ibérica (España). El siguiente ingrediente más importante es el 17,1 por ciento de indígenas americanos, más específicamente los indios Taínos Caribeños. El resto se divide entre varias tribus africanas, judíos asquenazíes, ampliamente europeas, mesopotámicas, árabes, iraníes, egipcias, levantinas, ampliamente asiáticas occidentales y mi favorita: 3% neandertal. Otras investigaciones indicaron elementos de escocés-irlandés. Linaje británico y otros linajes europeos.

Es un crisol increíble, pero no es inusual. La pureza étnica es muy rara. Hagamos un poco de matemáticas. Si cuentas hacia atrás comenzando con 2 padres, 4 abuelos, 8 bisabuelos, etc., en veinte generaciones, aproximadamente cuatrocientos años, verás que se necesitaron 1.047.136 personas (ancestros) para terminar contigo. Tenga en cuenta también que no todo el mundo tiene una lista distinta y separada de más de 1 millón de antepasados. Durante las últimas veinte generaciones, debe haber habido algún intercambio de ADNmt (materno) y/o ADNY (paterno) con personas de otras etnias.

La mayoría de la gente olvida o decide ignorar que hace apenas unos cientos de años los países participaron en guerras de conquista (incluso ahora). Francia invadiría Inglaterra, España, invadió Italia (Sicilia perteneció a España durante unos 300 años) y asimismo, los moros ocuparon España. Las naciones europeas, asiáticas y de Medio Oriente se turnaron para invadirse entre sí. ¿Y qué hacen los ejércitos invasores? Violan, saquean y queman mientras esparcen su semilla. Se ha informado que una de cada 200 personas en el mundo porta el ADN de Genghis Khan. No estoy seguro de que ese número sea exacto, pero según mi propio informe del Genoma, soy uno de ellos.

Mencioné antes que el apodo de mi hermano era (y es) "Caveman" (Cavernícola.) Tan pronto como descargué mi desglose de ADN, lo llamé y le dije: "¡Realmente eres un hombre de las cavernas!"

Mientras escribo esto, hay gobernadores estatales y otros políticos mal informados y equivocados que quieren prohibir libros y alterar o editar otros libros de historia por temor a que la generación actual pueda sentirse avergonzada por las acciones de ancestros muertos hace mucho tiempo.

Hablando por mí mismo, soy quien soy porque hace más de quinientos años, exploradores caucásicos procedentes de España tropezaron con la isla de Boriquen. (Puerto Rico) y reivindicó el "descubrimiento" para España. Siempre me he preguntado cómo se puede descubrir una isla, o cualquier otra tierra, cuando ya estuvo ocupada por cientos de miles, si no millones, durante más de diez mil años.

Tomaron posesión de la isla y se propusieron brutalizar a la población indígena Taína. Trabajaron hasta la muerte o mataron directamente a muchos de los hombres, pero mantuvieron a las mujeres como concubinas. Yo soy uno de los muchos descendientes de esa mezcla, generalmente por la fuerza. Soy (principalmente) el resultado de los conquistadores y de aquellos a quienes conquistaron. No me avergüenzo ni me disgusta ninguno de los dos bandos. No apruebo lo que hicieron los españoles (y otros conquistadores), ni apruebo la sumisión de los taínos y otros "indios" indígenas que se dejaron abusar de sí mismos, principalmente debido a creencias religiosas e ingenuidad. Trataban a los "visitantes" como dioses. Por pura fuerza numérica, los nativos podrían fácilmente haber derrotado a los recién llegados y hundir sus primeros barcos. Es posible que otras expediciones hubieran llegado más tarde con resultados quizás diferentes, pero yo no existiría actualmente... bueno, no esta versión de mí.

Pasé muchas horas buscando en Internet tratando de documentar mi linaje lo más atrás posible. Puedo verificar mi apellido paterno desde 1665 en la ciudad natal de mi padre, Arecibo. El capitán español Antonio De Los Reyes Correa supervisó una unidad de la milicia puertorriqueña en esa ciudad cuando los británicos invadieron con una fuerza del tamaño de una compañía mientras dos grandes barcos permanecían en alta mar. Reyes Correa sólo tenía treinta hombres en su unidad armados con machetes y horcas pero al final de la batalla 28 soldados británicos estaban muertos en la playa y otros 8 en el oleaje, incluido su capitán. La fuerza invasora estaba armada con mosquetes, pero es posible que intentaran disparar mientras estaban en el agua y no pudieron apuntar con precisión debido a las olas que mecían sus pequeños botes de remos. Un océano activo está bien para surfear, pero no para apuntar con precisión. Algunos miembros de la milicia se enfrentaron a los invasores vadeando el agua para luchar contra ellos. En esas condiciones, un machete o una horca es un arma más eficaz que la culata de un mosquete que no se puede disparar. Los pocos atacantes restantes regresaron a sus barcos y zarparon.

Reyes Correa resultó herido en la escaramuza, pero fue honrado como un héroe. Fue nombrado Capitán de Infantería. Era costumbre elevar a quienes ostentaban ese título a alcalde de la ciudad. En años posteriores obtuvo el puesto por méritos propios y cumplió varios mandatos. Todavía se le honra como un héroe en mi pueblo natal.

Llevo ese apellido con orgullo. En mis investigaciones genealógicas viajé al Sur de España al pueblo donde había leído que era el origen de ese apellido. Aparqué en la plaza del pueblo y me dispuse a buscar la iglesia local que históricamente mantenía registros de cada nacimiento, bautismo, matrimonio y defunción.

Una joven pasó a mi lado y me vio mirando a mi alrededor. Ella preguntó: "¿Qué buscas? Respondí: "La Iglesia para investigar mi apelado".

"O si, ¿que nombre busca?"

Dije: "Reyes".

Ella se rió y dijo: "Yo soy Reyes".

Me quedé estupefacto. La primera persona que conocí en esa ciudad extranjera tenía mi apellido.

Ese día no llegué a los archivos genealógicos de la iglesia. La joven y yo paramos en una pequeña cafetería y pasamos un par de horas hablando sobre historia, apellidos, la belleza de España y nuestros respectivos orígenes. Ambos nos preguntamos si éramos parientes lejanos a quinientos años de distancia. Ese encuentro hizo que mi viaje valiera la pena. Desafortunadamente, eso fue muchos años antes de que existiera comunicación instantánea a través de teléfonos celulares y correo electrónico y no pudiéramos mantener el contacto. Continué mi investigación y he creado un árbol genealógico muy ramificado.

Educación más alta

"Cuando se apaga una luz, es mucho más oscuro que si nunca hubiera brillado."—John Steinbeck

A medida que crecí más viejo, asumí varios proyectos que siempre me habían interesado. Uno era escribir. Comencé a escribir artículos para periódicos locales y publicaciones en línea. Escribí artículos de servicio público, artículos de opinión y artículos sobre votación, asuntos policiales y opinión política. En un momento dado, un servicio de noticias en línea del Medio Oeste me ofreció un trabajo. Completé la solicitud y me preparé para comenzar una nueva carrera como periodista. Este periódico ya había publicado algunos de mis artículos, así que pensé que comenzaría pronto.

Recibí una llamada del editor preguntándome cuál era mi título universitario. Le dije que no tenía ningún título, solo un diploma de escuela secundaria. Dijo: "Para ser contratado necesitas un título". Le pregunté: "¿Por qué, ya publicas mi trabajo?"

"No." dijo: "Como escritor invitado podemos publicar lo que envíes, pero como empleado, necesitas un título en inglés, periodismo o un campo relacionado".

"Está bien, no hay problema", y terminé la llamada.

Antes de ser reclutado, planeé inscribirme en la universidad, pero esperé demasiado y recibí el temido aviso. Después del alta, era demasiado mayor para volver a la escuela. Había considerado la idea de obtener un título durante años, pero la vida seguía y no tenía necesidad.

Luego descubrí que la Administración de Veteranos había iniciado un programa para que los veteranos con discapacidad obtuvieran un título universitario como una especie de programa de rehabilitación o incluso consiguieran un empleo. La oportunidad era demasiado buena para dejarla pasar. Me lancé y encontré una universidad que ofrecía un curso de Comunicación y Periodismo. El VA pagó todos los costos, proporcionó una computadora portátil nueva, una impresora y un cheque mensual. Regresé a la escuela hasta bien entrados los sesenta años.

Ésta es la razón por la que el capítulo sobre educación superior sigue al de jubilación.

Al principio lo disfruté, pero parte del régimen educativo requería "aprendizaje en equipo", que significa exactamente eso. Los estudiantes deben formar grupos de cinco o más y trabajar en los proyectos asignados. La mayoría de los otros estudiantes eran significativamente más jóvenes que yo. Después de algunas sesiones terminé como líder de cada grupo de aprendizaje del equipo principalmente debido a mi edad y, francamente, porque tenía toda una vida de experiencia y lecturas en una variedad de campos.

No creía que pudiera seguir cuatro años tratando con estudiantes que tenían una cuarta parte de mi edad. Yo era incluso mayor que la mayoría de los profesores. Luego hice un descubrimiento fascinante: CLEP, (College Level Examination Program) que significa Programa de examen de nivel universitario. Es un programa fabuloso que permite obtener créditos universitarios mediante exámenes fuera de clases. Si logras aprobar lo que equivale a un Examen Final, la prueba da como resultado créditos para esa materia sin perder un minuto en clase. Cada examen exitoso produce al menos seis créditos, lo que equivale a una clase de cinco o seis semanas. La lógica es simple: ¿por qué perder el tiempo en una clase estudiando una materia en la que ya dominas adecuadamente?

Permítanme retroceder un poco. Mi madre nos dio a mi hermano y a mí el regalo más valioso que un niño puede recibir. Ella nos enseñó a leer y escribir cuando aún éramos pequeños. Empecé el primer grado justo antes de cumplir cuatro años. La escuela me lo permitió porque yo sabía leer, y a mi hermano lo habían dejado entrar cuando tenía cuatro años y también sabía leer. Ese comienzo temprano nos dio a ambos un apetito voraz por la lectura. Las lecciones eran en español. Por supuesto, por lo que tendríamos que aprender a hablar, leer y escribir un nuevo idioma unos años después. El alfabeto es (casi) idéntico al inglés, así que sólo era cuestión de pronunciación. Bueno, tal vez no sea tan simple, pero sí menos difícil que empezar desde cero. Ambos desarrollamos un segundo apetito voraz por leer en inglés. Mi hermano leyó toda la Enciclopedia Británica. Leí mucha pero no toda.

He mencionado las habilidades físicas de mi hermano, pero también tiene un intelecto brillante. En mi primer día en la escuela secundaria, el mismo en el que él acababa de graduarse, yo estaba en la clase de Estudios Sociales esperando que me asignaran un asiento. Cuando el maestro vio mi nombre, preguntó si Carmelo era mi hermano. Dije si. Para mi asombro, el maestro dijo entonces: "Siéntate atrás, tienes una "A" en la clase". Me sentí un poco avergonzado por las burlas que recibí de los estudiantes. Aún así hice todo el trabajo requerido y completé todas las tareas. Yo era un estudiante sobresaliente al igual que mi hermano, pero tenía que esforzarme un poco más.

De vuelta a mis días universitarios. El primer examen CLEP que tomé fue Español 1 y Español 2. Obtuve excelentes calificaciones en ambos y obtuve 12 créditos universitarios. Mi segunda prueba fue Humanidades que trata sobre Arte, Literatura, Música y Arquitectura. Ninguna, excepto la literatura, estaba entre mis materias favoritas. Pasé varios días visitando el Museo de Arte de Filadelfia e hice muchas preguntas. Tuve que aprender sobre cubismo, abstracto, moderno y muchas otras formas de arte. Conocía a Miguel Ángel, DaVinci, Picasso y otros maestros, así que no fue tan difícil. La música y la arquitectura fueron un poco más desafiantes.

Toqué la flauta en la escuela primaria, por lo que tenía un poco de conocimiento de términos y símbolos musicales. Encontré algunas guías de estudio CLEP y exámenes de preparación en línea que fueron de gran ayuda con materias en las que podría tener un poco debilidad. El esfuerzo fue exitoso y obtuve otros seis créditos en una prueba de una hora.

El siguiente en la fila fueron las Ciencias Naturales, que incluyen Astronomía, Biología, Química y Geología. No sé la diferencia entre una roca ígnea y una sedimentaria, pero quería ser astrónomo cuando era más joven y leí muchos libros sobre el tema. También leía mucho sobre biología y un poco menos sobre química. Esos tres fueron suficientes para compensar mi limitación en Geología. ¡Voilá! Seis créditos más en mi favor. La última prueba fue Composición de Composicion inglés universitario.

Escribí mi primera historia publicada a los 12 años y he estado practicando desde entonces. Habría sido vergonzoso fallar en este. Esta última prueba sumó 6 más para un total de 30 créditos, que es el máximo permitido en el programa CLEP. Un año de asistencia a la universidad eliminado con sólo unas pocas pruebas. Obtenga crédito universitario con CLEP – CLEP | Junta Universitaria https://collegeboard.org

Necesito hacer una pausa para recordar brevemente mi primer trabajo publicado cuando tenía 12 años. Cuando estaba en la escuela primaria, había un periódico para niños llamado Weekly Reader. El periódico ofreció un concurso de redacción a nivel estatal. Hasta donde puedo recordar, especialmente recordando mi exasperante experiencia vestido con el hábito de monje que mi madre me hizo usar como ofrenda a la virgen que esperaba que me evitara morir, desarrollé un antagonismo y disgusto por los dogmas y rituales religiosos, por lo tanto Elegí escribir un ensayo sobre religión.

Comencé a investigar las creencias religiosas pasadas y presentes y sus efectos en la sociedad. Leí sobre mitología griega y romana, budismo, islam (en aquel entonces conocido como mahometanismo), judaísmo y cristianismo, entre otros. En los años cincuenta no había Internet, así que dependía de las enciclopedias y de la biblioteca pública. Mi participación en el concurso fue un ensayo que comparaba las religiones antiguas con las modernas. Llegué a la conclusión de que, dado que las antiguas religiones se extinguieron y fueron reemplazadas por las populares hoy en día, no había garantía de que las nuevas durarían para siempre. También determiné que alguien o un grupo determinado tuvo que haber tenido la idea de organizar las creencias primitivas en un sistema coordinado para obtener control y poder sobre las masas. No gané pero obtuve una mención honorífica. Mi maestro dijo que podría haber ganado si no hubiera sugerido que las religiones actuales estaban condenadas a la extinción al igual que las antiguas. La idea de convertir mi ensayo de la infancia en algo más elaborado estuvo rondando en mi cabeza durante décadas hasta 2017, cuando creí que mi fin estaba cerca y que era hora de cumplir una meta de toda la vida. Este episodio de mi vida continuará en unas pocas páginas.

De vuelta a mis días universitarios. Estaba a punto de completar mi segundo año y necesitaba encontrar métodos que pudieran obtener más créditos para poder obtener mi título de Licenciatura en Ciencias en dos años en lugar de cuatro.

Encontre otro camino. Hay otros dos programas que ofrecen créditos sin asistir a clase. Son PLA o Evaluación de Aprendizaje Previo y Ensayos Experienciales.

PLA permite a un estudiante convertir la educación o capacitación (no universitaria) en créditos universitarios. Esta era la forma más fácil de graduarse temprano. Todo lo que se requiere es un certificado, diploma u otra documentación para cursos o formación no académicos. Envié prueba de mi entrenamiento militar, la Academia del Sheriff e incluso mi certificado de buceo. Solo obtuve un crédito por el certificado de buceo, pero todo ayuda. Todavía nado casi a diario para que el entrenamiento siga produciendo beneficios. Hace años, ni la formación de la Academia de Policía ni la de la Academia del Sheriff obtenían créditos universitarios. Ahora ambas Academias obtienen créditos universitarios.

Los ensayos experienciales son sólo eso. Si tiene experiencia en un campo en particular (hay cientos de categorías), puede escribir un ensayo de 1000 palabras por 1 crédito, 2000 por 2 y 3000 palabras le otorgarán 3 créditos. Escribí tres ensayos de 3000 palabras en una semana. Necesitaba un total de 30 créditos para saltarme el último año y los obtuve combinando PLA con Ensayos Experienciales.

Me gradué en 23 meses en lugar de 4 años. Me lastimé de alguna manera, ya que el estipendio mensual de educación del VA terminó al graduarme. Aunque el efectivo real no recibido ascendió a cerca de $21,000, valió la pena. Me estaba aburriendo de tomar clases sobre materias que ya dominaba. En unos pocos días, obtuve más de los treinta créditos que necesitaba para eliminar el cuarto año de la universidad. Estos créditos se pueden utilizar sólo para materias optativas, no para el curso de estudio principal. Básicamente, uno no puede CLEP fuera de las clases de Cirugía Cerebral.

Nunca volví a solicitar un trabajo de escritura. Continué escribiendo artículos y experimentando con ideas de libros. Uno de los ensayos de 3000 palabras trataba sobre genealogía, y consideré ampliar el ensayo hasta alcanzar la extensión de un libro. La licenciatura simplemente me dio más legitimidad o credenciales como escritor.

Empecé a trabajar en algunos proyectos de libros pero siempre encontraba una excusa para hacer otra cosa. Fue mucho más agradable subirme a un avión y visitar mi isla natal, así como otros viajes de aventuras.

Me mantuve ocupada pero sin hacer nada de gran importancia. Durante muchos años, la idea de una historia había estado filtrándose en mi cerebro. Pensaba en ello a menudo y agregaba una idea o un giro a la historia. No sé qué me impidió empezar a poner el lápiz sobre el papel o, más tarde, los dedos sobre el teclado. Probablemente creí que me quedaba mucho tiempo para llevar a cabo el proyecto.

El 16 de mayo de 2017 se produjo el desastre. El ataque cardíaco masivo que mencioné antes casi me mata permanentemente después de dos fracasos. Sobreviví, por supuesto, pero me llevó meses recuperarme, y aun así, no del todo. Ya he escrito sobre esa terrible experiencia, excepto que estuve en fisioterapia durante varios meses para recuperar habilidades simples como caminar o alcanzar una lata de sopa en un gabinete. Qué suerte que mi nieta mayor sacrificara su tiempo para cuidarnos a mí y a mi madre de 93 años.

Mi pronóstico no era demasiado favorable y creía que otro infarto de miocardio acabaría conmigo para siempre. Como estaba algo discapacitado, no podía viajar ni siquiera conducir, me quedé atrapado en casa. Me di cuenta de que la historia (insinuada unas páginas atrás) que se había estado filtrando en mi cabeza durante años necesitaba ser liberada. Todavía podía escribir y tenía todas las posibilidades de investigación a mi alcance en Internet.

Dado que la trama principal y los personajes, aunque todavía sin nombre, estaban casi completamente desarrollados, escribí el libro en tres semanas, pero necesité unos meses más para editarlo, pulirlo y revisarlo. Resultado: En el principio: Los primeros días de las creencias religiosas Ingles:(bit.ly/jrey45) (Español) bit.ley/jrey26 consulte las páginas posteriores para obtener una sinopsis y reseñas.

Cuando creí que estaba terminada, se la envié a mi editor y comencé a traducir la novela al español. Mientras trabajaba en la traducción, vi a mi bisnieta más joven correr de un lado a otro creando el tipo de caos que sólo una niña pequeña puede causar. De repente me di cuenta de que mi historia no tenía personajes femeninos destacados. Con la actitud actual cambiante pero positiva sobre los derechos de las mujeres y su verdadero valor en la sociedad actual, necesitaba hacer un cambio.

Llamé al editor y le pedí que suspendiera temporalmente la publicación mientras hacía algunos cambios, incluida la adición de un personaje importante. No pasó mucho tiempo. La llamé Mina, que se acerca al nombre de mi fuente de inspiración.

Unos miles de palabras más tarde, la recién imaginada guerrera/ sacerdotisa estaba creando caos en su propio mundo paleolítico de hace mucho tiempo.

Se ha convertido en el personaje más popular del libro y estoy considerando una secuela. Pero este proyecto actual tiene prioridad por el momento.

A medida que me pongo mas viejo, a veces creo que paso más tiempo en el hospital que en casa. La diabetes me ha hecho susceptible a infecciones en los pies y he sido ingresado tres veces en el último año. No hay de qué preocuparse, me recupero eventualmente pero seguramente sin necesidad de cuidados críticos.

AGENTE NARANJA
(Agent Orange)t
1965 – El fin

"La forma en que muere la gente permanece en la memoria de quienes siguen viviendo"—Dame Cicely Saunders

Los acontecimientos de este capítulo no comenzaron inmediatamente después del fin de mi obligación militar; de hecho, las consecuencias inexorables ya habían comenzado a enconarse dentro de mí y dentro de miles de soldados estadounidenses desprevenidos en el momento en que pusieron un pie en Nam. Este evento se ha convertido en el más destructivo de todos. Si no hubiera sido por la exposición al lento pero implacable asesino, habría evitado ser acosado por las dolencias que me infundió la toxina. Ya no creo que llegue a los 90 como lo hicieron mis padres. Pero ha sido una existencia interesante y, a menudo, divertida.

A pesar de la renuencia de mi cuerpo a aceptar el final y desvanecerse en negro, no soy inmune a la enfermedad ni soy totalmente inquebrantable. La exposición al Agente Naranja, el herbicida utilizado en Vietnam, ha cobrado un precio gradual pero persistente en mi salud.

Existen numerosas dolencias que la Administración de Veteranos suele denominar "enfermedades presuntas" relacionadas con el herbicida tóxico. Desafortunadamente, debido a la exposición al Agente Naranja en la zona de guerra, adquirí varias de esas enfermedades, mientras que otras no diagnosticadas pueden estar acechando en mis células esperando su turno para causar más estragos.

El Agente Naranja es uno de los varios tipos de herbicidas utilizados en Nam para defoliar la selva, eliminando así la cubierta forestal y los cultivos que necesita el enemigo. Los aviones estadounidenses vertieron más de 20 millones de galones de solución venenosa sobre los bosques y campos de Vietnam, Laos y Camboya. Se utilizaron varias mezclas que se identificaron por el color de los tambores de 55 galones que contenían el Agente Blanco, el Agente Rosa, el Agente Azul, el Agente Púrpura y el Agente Verde. El más utilizado y, con diferencia, el más peligroso fue el Agente Naranja. Se estima que más de 3,6 millones de acres de tierra fueron contaminados y afectaron a más de cuatro millones de personas (no estoy seguro si esa estimación incluye el número de soldados estadounidenses que sirvieron en la guerra).

Lo que encontré inusual es que el verdadero culpable es la DIOXINA (TCDD), pero eso no forma parte de la receta utilizada directamente en la fabricación de los herbicidas codificados por colores. Se forma como subproducto durante la fabricación. Los fabricantes también tienen la culpa de no evaluar eficazmente los efectos secundarios. Las nueve empresas involucradas en la producción y distribución son: Dow Chemical Company, Monsanto Company, Diamond Shamrock Corporation, Hercules Inc., Thompson Hayward Chemical Co., United States Rubber Company (Uniroyal), Thompson Chemical Co., Hoffman-Taff Chemicals, Inc. y Agriselect. _ Agente Naranja - Wikipedia

No importa como se hizo, el problema fue que no sólo destruyó el follaje sino que mató al pueblo vietnamita y a los soldados estadounidenses, aunque no tan rápido como la vegetación. El programa de defoliación recibió el nombre en código Operación Ranch Hand. Lo que me resulta difícil de aceptar es la creencia ilógica de que rociar un país entero con millones de galones de veneno no afectaría ni a amigos ni a enemigos. Esta fue una versión extrema del "fuego amigo".

En 1988, el Dr. James Clary, un investigador de la Fuerza Aérea asociado con la Operación Ranch Hand, le escribió al senador Tom Daschle:

"Cuando iniciamos el programa de herbicidas en la década de 1960, éramos conscientes del potencial de daño debido a la contaminación por dioxinas en el herbicida. Sin embargo, debido a que el material iba a ser usado contra el enemigo, ninguno de nosotros estaba demasiado preocupado. Nunca consideramos un escenario en el que nuestro propio personal se contaminaría con el herbicida".

https://www.history.com/topics/vietnam-war/agent-orange-1

La conclusión de ese médico debe estar entre las más idiotas jamás expresadas por un investigador médico y aparente (incompetente) asesor militar. ¿Cómo puede este supuesto científico afirmar que espera que el veneno afecte sólo al enemigo? El trabajo de los militares es buscar, encontrar y luego enfrentarse al enemigo. Para lograrlo, los soldados tienen que terminar en el entorno del enemigo. Los políticos a los que se dirigió son o fueron igual de responsables, igual de ignorantes e igual de responsables de los efectos catastróficos.

A medida que avanzaba mi año de servicio, no sabía que mis órganos internos estaban absorbiendo lentamente contaminantes que muy probablemente acabarían dominando mi talento único para evitar una desaparición definitiva.

De 1964 a 1972, más de tres millones de soldados estadounidenses sirvieron en el sudeste asiático, la mayoría desplegados en Vietnam. Más de 58.000 nombres están grabados en la pared de granito negro que mencioné anteriormente en memoria de quienes murieron en ese conflicto. Más de 150.000 militares recibieron heridas no mortales. Lo que normalmente no se discute, o tal vez ni siquiera se comprende, es que la mayoría de los millones que regresaron a casa, incluidos aquellos que ganaron Corazones Púrpura por lesiones visibles, también recibieron heridas no discernibles que ardían en sus cuerpos solo para estallar cuando menos se esperaba. Con el tiempo, a veces años, las "heridas invisibles" comenzarían a hacerles la vida imposible, sufriendo una variedad de dolencias que tal vez no se habrían desarrollado si no fuera por el Agente Naranja. Los veteranos de la guerra más impopular en la historia de Estados Unidos están muriendo lentamente, pero más rápido de lo que lo habrían hecho si no hubieran sufrido un trauma médico invisible y de desarrollo lento causado por la exposición al veneno administrado por nuestros propios aviones bajo órdenes de nuestro alto mando.

A continuación se muestra una lista de algunas de las presuntas enfermedades, algunas de las cuales actualmente están desafiando mis habilidades de supervivencia, que ahora están decayendo. Uno o dos de ellos ya lo han logrado temporalmente. Diabetes mellitus, cardiopatía isquémica, mieloma múltiple, linfoma no Hodgkin, enfermedad de Parkinson, neuropatía periférica, porfiria cutánea tardía de aparición temprana, cáncer de próstata, cáncer de pulmón, cánceres respiratorios, sarcomas de tejidos blandos, hipertensión, et al. Se agregan más de forma regular.

Hay un programa agregado recientemente llamado PACT ACT o Ley de Promesa para Abordar Integralmente los Tóxicos (PACT). Recientemente me enviaron a un centro VES (Servicios de Evaluación de Veteranos) para determinar si alguna de las presuntas enfermedades más recientes ha atacado mi sistema inmunológico. La respuesta fue "Sí", pero está en las primeras etapas. Una preocupación es que la mayoría, si no todos, son progresistas y potencialmente terminales. La mayor preocupación es el creciente factor debilitante que acompaña a estas horribles enfermedades y la posibilidad de que, como condiciones subyacentes, se vuelvan más potentes si trabajan en conjunto. En términos más simples, me vuelvo menos saludable y menos funcional a medida que pasan los meses y los años.

No temo a la muerte. La he mirado a los ojos demasiadas veces como para temblar ante su aproximación. Lo que realmente aborrezco es la posibilidad de vivir, pero incapacitado, sin poder cuidar de mí mismo y dependiendo de los demás para todas mis necesidades. No se lo deseo a nadie, especialmente a mí o a los miembros de mi familia que han demostrado gran devoción por mi cuidado en momentos de estrés físico. Antes de estar en esa condición de impotencia y necesidad, preferiría dar la bienvenida a un encuentro final con Grim Reaper, (Parca), pero definitivamente no por mi propia mano.

La Administración de Veteranos ahora está luchando contra otra era de dolencias no relacionadas con la batalla y también causadas por toxinas, pero esta vez, no por el Agente Naranja ni por ningún otro tono. Las toxinas que envenenan a los soldados estadounidenses ahora se crean en "pozos de quema". Un pozo de quema es una forma militar común de deshacerse de materiales de desecho que pueden incluir plásticos, combustible, aceite, basura, caucho e incluso desechos humanos. Se tira prácticamente cualquier cosa que se considere basura no deseada. Suele ser una zona al aire libre que puede albergar todo tipo de residuos en grandes cantidades. Los residuos en el aire se mezclan con el polvo y otros contaminantes ya presentes en los entornos de Afganistán e Irak. El ejército ha cerrado la mayoría de los pozos y espera cerrarlos todos.

Es inconcebible que los llamados expertos militares experimentados y el conjunto de asesores médicos altamente educados (?) no absorbieran ninguna lección de su imbécil mala gestión del catastrófico conflicto que fue Vietnam. No sólo en táctica, estrategia, objetivos y liderazgo, sino en políticas mucho más simples como deshacerse de la basura o el follaje, sin poner en peligro la salud colectiva de toda su fuerza militar en el país.

Nadie está seguro del número exacto de veteranos de Vietnam afectados por la exposición al asesino silencioso. Una estimación reciente afirma que más de 400.000 han muerto. Esa cifra es casi cinco veces la de los muertos en combate. Actualmente hay muchos miles de personas que reciben tratamiento por una o más de las enfermedades enumeradas, incluido yo. El número de muertos aumentará a medida que los veteranos envejezcan y la gravedad de las condiciones progrese y se agreguen más dolencias presuntas a la lista. La población de Vietnam sufrió o sigue sufriendo. Unos 4 millones de ciudadanos vietnamitas se han visto afectados. -Southeastasiaglobe.com

La mayoría de mis amigos cercanos, incluidos los de toda la vida, ya fallecieron, todo debido a la exposición al Agente Naranja. Uno era más como un hermano. Nació en la misma cama en la que nací yo, pero un año antes. Me molesta haber sobrevivido a muchos otros que fueron víctimas del mismo asesino silencioso, aunque algunos quedaron expuestos después que yo y algunos tenían casi la misma edad o menos.

Mientras mi edad sigue procediendo, a veces creo que paso más tiempo en el hospital que en casa. La diabetes el corazón débil, y una circulación deficiente me han hecho susceptible a infecciones en los pies y he sido ingresado tres veces en el último año. Por poco pierdo un pie completo. No hay de qué preocuparse, me recupero eventualmente pero seguramente sin requerir cuidados críticos durante las situaciones de paciente. Creo que las recientes hospitalizaciones desencadenaron las acciones que mis médicos me sugirieron en el siguiente párrafo.

Recientemente me llamaron para reunirme con un grupo de médicos del VA para discutir un nuevo programa para pacientes como yo. Lo primero que hicieron fue entregarme un folleto explicando algo que se llama Cuidados paliativos. Esas palabras me sorprendieron. También me dijeron que el líder del equipo de paliativos es mi cardiólogo. Lo miré y le dije: "¿No está relacionado con los cuidados de hospicio?

"Sí", dijo, "hay tres niveles de cuidados hospicios, el nivel tres es cuando ingresas en un centro que brinda atención reconfortante y nada más, porque no existe cura para la condición del paciente. El nivel dos es casi el mismo excepto que, dado que la afección es menos grave, el paciente puede recibir atención reconfortante en casa.

Le ofrecemos el nivel uno, que determinamos que será el más cómodo para usted. Aún así no necesitará atención domiciliaria, pero puede continuar con la atención ambulatoria sabiendo que es poco lo que podemos hacer para eliminar algunas de sus afecciones. No se curará, pero podemos brindarle servicios que lo ayudarán a controlar las enfermedades hasta que necesite el nivel dos o tres. Dije: "Así que es el primer paso para prepararme para lo inevitable". Él dijo: "Bueno, tal vez no sea tan drástico, es posible que continúes en tu nivel durante años; tal vez no mejores, pero tampoco necesariamente empeoran. Está diseñado para mantenerte cómodo y con menos estrés y dolor.

Mientras escribo esto, la línea de pensamiento me recuerda una conversación que tuve con mi padre años antes de sentir la peor parte del daño del Agente Naranja. Durante sus últimos días. Tenía 92 años y sabía que no le quedaba mucho tiempo. Todos sabíamos que es cuestión de semanas o días. Le pregunté: "Papá, ¿tienes miedo de morir?" Él sonrió y respondió: "¿Por qué debería tener miedo de algo que le sucede o le sucederá a todo el mundo?" Él sonrió más ampliamente y casi se rió. Realmente creo que quería agregar: "Excepto tú".

Aviones de la Fuerza Aérea de EE. UU. rocían el químico defoliante Agente Naranja sobre una densa vegetación en Vietnam del Sur en esta fotografía de archivo en blanco y negro de 1966. Foto: AP

A Pie De Pagina

En la introducción de este libro, mencioné que el síndrome de Lázaro recibió su nombre debido al personaje bíblico resucitado por Jesús. Cuando escribí eso recordé que siempre me había sentido desconcertado por ese supuesto milagro. ¿Por qué resucitó? El hombre llamado Lázaro no hizo nada notable después de resucitar. ¿Por qué traer de vuelta a alguien que no ofrecio ninguna contribución notable a la humanidad? Lo más extraño fue que resucitó 4 días después de haber sido sepultado. Hay un pasaje que dice que apestaba al salir de su tumba. El acto plantea otra pregunta: ¿por qué fue levantado cuando la descomposición ya estaba en progreso? También me pregunto por qué las personas que son creyentes no cuestionan nada de esto. Aunque no soy un devoto, tuve que buscar una explicación.

Encontré esto: usando las propias palabras de la Biblia, Juan 11:4 sugiere que Jesús quería impresionar a sus discípulos trayendo de regreso a alguien que había estado muerto por un tiempo, no como los otros que fueron revividos relativamente más cerca de su hora de muerte. Juan 11:55 implica que Jesús también quería probar su poder sobre la muerte antes del mismo ser crucificado.

Este enlace a continuación trata sobre lo que le sucede al cuerpo físico después de que agota todas las oportunidades del Efecto Lázaro, ECM, OBE y cualquier otro intento de restauración. Iba a comentar los datos pero los encontré demasiado espantosos para incluirlos en detalle. Se parecía más a un cuento morboso de Edgar Alan Poe. Anímate si te atreves.

Qué le sucede a tu cuerpo cuando mueres – paso a paso – CoventryLive (coventrytelegraph.net)

Hablando de uno de mis autores favoritos, muchas de sus historias macabras trataban sobre la muerte y el morir. La trama de uno era mantener vivo a un hombre mediante hipnosis, lo que se consideraba fascinante en esa época.

El último capítulo dice:

"…Finalmente, el narrador intenta despertar a Valdemar haciéndole preguntas que son respondidas con dificultad, mientras la voz de Valdemar emana de su garganta y su lengua colgando, pero sus labios y mandíbulas están congelados por la muerte. Entre el trance y la vigilia, Valdemar ruega al narrador que lo vuelva a dormir rápidamente o que lo despierte. Mientras Valdemar grita "¡Muerto! ¡Muerto!" Repetidamente, el narrador comienza a sacarlo de su trance, sólo para que todo su cuerpo se descomponga inmediatamente en una "masa casi líquida de repugnante… detestable putrescencia". *Los hechos en el caso del señor Valdemar*. Edgar Alan Poe 1845

Las últimas palabras de ese párrafo son parte de los repugnantes pasos mencionados en el texto del enlace antes mencionado que detalla "lo que le sucede a tu cuerpo cuando mueres".

Epílogo

Mi objetivo inicial era discutir el síndrome de Lázaro, las ECM y las OBE, pero la investigación me envió a afluentes de información que me llevaron a otras áreas relacionadas con la salud, la parálisis, el coma profundo, elementos de trauma, el nacimiento, las teorías del más allá, la religión, la criogenia y otros. Con el tiempo, me desvié hacia la Inteligencia Artificial e implanté (chip) neuronales. Hay tanta información y tan poco tiempo para revisarla, absorberla y darle un buen uso al conocimiento. Espero que este libro llegue a manos jóvenes e inspire a algunos lectores jóvenes a seleccionar uno de los campos científicos o médicos mencionados aquí. Elon Musk anuncia la ayuda necesaria. Afirma que las nuevas tecnologías necesitarán miles de ingenieros, expertos en informática, cirujanos y todas las demás ramas de la medicina, la electrónica, la tecnología e incluso la física cuántica.

Me sorprendió que mi problemático nacimiento no fuera tan singular como creí al principio. De cuatro millones de nacimientos al año, al menos el diez por ciento requiere reanimación. Esto equivale a unos cuatrocientos mil bebés cada año. No fue hasta 1987 cuando los doctores Raghuveer y Cox actuaron e idearon un plan para identificar a los recién nacidos en peligro y sugirieron métodos de tratamiento. Talkad s. Raghuveer, MD y Austin J. Cox, MD - Soy un médico familiar. 2011;83(8):911-918

El hecho de que mi propio síndrome de Lázaro me afectara personalmente me llevó a preguntarme acerca de otras personas que experimentaron lo mismo y los efectos residuales que siguieron. Descubrí que las creencias religiosas pueden formar una parte importante en lo que sucede durante las ECM y después de revivir. La mayoría de los directamente involucrados y sus familias dan más crédito a los actos milagrosos que a la intervención médica.

Siempre me he preguntado por qué las personas religiosas, especialmente las ultrarreligiosas, quieren ir al cielo y disfrutar de la bienaventuranza eterna, pero, en general, tienen miedo de morir.

Hablando de la llamada "bienaventuranza eterna", temo ese tipo de existencia más que a la muerte misma. No me preocupo, aunque exista, ciertamente no estoy en la lista de invitados. La emoción de subirse a una montaña rusa dura apenas unos segundos, lo mismo ocurre con un orgasmo, Incluso las cosquillas, se vuelven dolorosas al poco tiempo. Si alguna de las emociones mencionadas durara mucho más, dejaría de ser emocionante y probablemente se volvería agonizante. El paraíso eterno también puede volverse aburrido después de interminables días de sol y suave brisa. O peor aún, sentarse en una nube, tocar el arpa y adorar incesantemente a una deidad que anhela atención y adoración. Otro ejemplo es que un día delicioso en la playa, entre las olas y la arena es agradable, pero más si lo comparamos con días de tormenta o atrapados en un automóvil o en casa debido a las ventiscas en el frío del invierno. Prefiero la variedad de cambios de estaciones y, a veces, un clima desafiante. Lo siento, pero la idea de una euforia celestial permanente parece más infernal que celestial.

He consultado con muchos médicos, incluidos investigadores de longevidad de los NIH, especialistas hospitalarios dc VA y médicos de atención primaria de Medicare y otros especialistas a los que me derivan. Sólo unos pocos están familiarizados con el fenómeno de Lázaro, aunque sospecho que algunos de ellos se mostraron reacios a admitir una participación personal en algún caso.

Aquellos que estuvieron dispuestos a abordar el tema proporcionaron información valiosa y trataron de diagnosticar u opinar sobre algunas de mis frecuentes revivificaciones. Ninguno, sin embargo, hizo ningún esfuerzo por formular una impresión o especular sobre mis muchas ocurrencias de "cas-casi" que en realidad no fueron eventos de Lázaro, ya que ninguno resultó en un paro cardíaco, aunque algunos de ellos causaron que mi presión arterial bajara a niveles muy peligrosos, pero no lo suficiente como para detener mi presión. corazón o causar daño permanente. Todavía seguiré preguntándome qué me puso tan nervioso que tuve que detener mi auto esa noche en la I-95. Consideraré cualquier sugerencia.

Hay algunos factores que me ofrecen cierta protección. Uno es la genética. Mi ascendencia genética diversa, especialmente mis padres longevos, proporcionó un sistema inmunológico muy eficaz. Ambos padres sobrevivieron hasta más de los 90 años y ambos lucharon fácil y exitosamente contra el cáncer, los accidentes cerebrovasculares y los problemas cardíacos. Y lo más gratificante: ni una pizca de demencia.

Otra pista de mi durabilidad pueden ser mis huesos aparentemente irrompibles. Durante mi primera visita al Estudio de Longevidad de John Hopkins, el técnico me felicitó por mis huesos gruesos después de una gammagrafía ósea de todo el cuerpo. El técnico dijo que tenía los huesos de un chico de 18 años. Nunca he tenido una fractura grave. Sólo dos grietas insignificantes en el tobillo y la muñeca. Al escribir esta sección, acabo de recordar una caída de diez pies desde una escalera hasta el borde de un muro de concreto; Ciertamente dolía muchísimo pero no necesitaba atención médica. Esta fue una de mis muchas "aventuras cercanas". No puedo dar pleno crédito a la genealogía ni a un sistema inmunológico que funcione bien para evitar la muerte o incluso lesiones graves. Como no creo en seres sobrenaturales como ángeles guardianes, protectores etéreos, superhéroes invisibles o, finalmente, intervención divina, sólo puedo llamarlo pura suerte.

Sea lo que sea, lo explotaré el mayor tiempo posible, consciente de que, como decía mi padre, tarde o temprano todo el mundo muere. Incluyéndome a mí.

EL FIN (?)

Fuentes

Página 7: https://my.clevelandclinic.org/health/symptoms/22920-asystole

Página 7: https://www.ems1.com/medical-treatment/articles/rosc-after-death-the-lazarus-syndrome-WfDfxqI9As8diGUq/ -Marianne Myers BS 31/08/2020

Página 7: Gordon L, Pasquier M, Brugger H y Paal P. Autoresuscitación (fenómeno de Lázaro) después de la finalización de la reanimación cardiopulmonar: una revisión del alcance. Revista Escandinava de Trauma, Reanimación y Medicina de Emergencia, 2020. 28(14).

Página 16: Una vida de principio a fin copyright 2020 de Hourly History. https://www.pablopicasso.org/picasso-facts.jsp

Página 16: Salvados por el cigarro, de Jack Bettridge

https://www.cigaraficionado.com/article/saved-by-the-cigar-242

https://www.historyvshollywood.com/reelfaces/breakthrough/

https://www.imdb.com/title/tt7083526/plotsummary/

https://www.youtube.com/watch?v=BGwxAitvJT8

https://www.youtube.com/watch?v=uT0DaoZyf3I

https://www.youtube.com/results?search_query=justin+smith+frozen+man

https://www.youtube.com/watch?v=XIV7TJwI-_s

https://www.youtube.com/watch?v=CK1lude7gjM

Página 22: https://www.historyvshallywood.com/reelfaces/breakthrough/

Página 22: https://www.imdb.com/title/tt7083526/plotsummary/

Página 23: Talkad s. Raghuveer, MD y Austin J. Cox, MD - Soy un médico familiar. 2011;83(8):911-918

Página 23: https://historycollection.com/author/alexa/

Página 23: "El fenómeno Lázaro es un evento que no se reporta en gran medida", señala el cirujano maxilofacial Dr. Vaibhav Sahni Sage Journals 2016

Página 24: https://www.healthline.com/health/lazarus-syndrome

Página 24: Patrick J. Oneill Ph.D... MD. FACS del Arizona Trauma and Acute Care Consortium (AZTRACC) en un video de YouTube detalla varios hechos de lo "raro pero real"

Página 24: Talkad s. Raghuveer, MD y Austin J. Cox, MD - Soy un médico familiar. 2011;83(8):911-918

Página 25: Revistas del Dr. Vaibhav Sahni Sage 2016

"La promesa eterna". El borde. 2015. Archivado desde el original el 25 de marzo de 2023:. Consultado el 22 de enero de 2021.

Página 25: "El fenómeno Lázaro es un evento que no se reporta en gran medida", señala el cirujano maxilofacial Dr. Vaibhav Sahni Sage Journals 2016

https Página 25: El camino de la condesa://historycollection.com/author/alexa/

Página 26: ¿Cuerpos congelados resucitados? La criogenia y la ciencia de la inmortalidad | Documental - Youtube

Criónica - Wikipedia

Página 28: Ciencia - Adam Hoffman 31 de marzo de 2016

Página 29: Adhiyaman V, Adhiyaman S y Sundaram R. El fenómeno de Lázaro. Revista de la Real Sociedad de Medicina, 2007. 100(12): 552-557.

Página 29: ¿Qué tiene que ver la RCP con el curioso caso de pacientes clínicamente muertos que "vuelven a la vida"? Adam Hoffman 31 de marzo de 2016

Página 31: Clínica Cleveland, Ohio - My Cleveland Clinic.org

Página 31: Entre la vida y la muerte: la historia de Terri Schiavo Peacock, MSNBC 3 de diciembre de 2023

Página 31 Patrick J. Oneill Ph.D. MARYLAND. FACS del Consorcio de Atención Aguda y Trauma de Arizona (AZTRACC) en YouTube

Página 32: El fenómeno Lázaro: Cuando los 'muertos' vuelven a la vida (medicalnewstoday.com)

Página 34: Casos Comatosos

Página 35: Volvió Equivocado - ¿Qué Está Pasando Con El Pozo De Lázaro? Andrew Henderson 1 de junio de 2022

Página 35: https://en.wikipedia.org/wiki/File:Wiertz_burial.jpg Esta obra es de dominio público en los Estados Unidos porque fue publicada (o registrada en la Oficina de derechos de autor de los EE. UU.) antes del 1 de enero de 1928.

Página 36: Más Casos

Página 38: The Daily Mail.com 2014 Kate Allatt – ¡No bajes tus expectativas!

Página 39: en.wikipedia.org/wiki/Tardigrade

Página 40: Miedo a ser enterrado vivo Fobia - Tafofobia | MIEDO DE

Página 45: Cerrar Llamadas

Página 47: Discurso inaugural de John F. Kennedy, enero de 1961

Página 50: John B. Gordon - Wikipedia

Página 53: Servicio Militar

Página 61: Vietnam

Página 63: Ataque del Viet Cong a la base aérea de Tan Son Nhut (1966)

Ataque del Viet Cong a la base aérea de Tan Son Nhut (1966) | Wiki militar | Fanático

Página 65: https://www.history.com/topics/vietnam-war/agent-orange-1

Página 66: https://www.history.com/topics/vietnam-war/agent-orange-1

Página 74: Southeastasiaglobe.com

Página 80: Obtenga crédito universitario con CLEP – CLEP | Consejo de Educación Superior

Página 83: (1) National Geographic, La historia de Dios con Morgan Freeman. T1 Ep1 – Más allá de la muerte

Página 84: Huda. "El Islam en el más allá". Learn Religions, 26 de agosto de 2020, learnreligions.com/islam-on-the-afterlife-2004337.

Página 86: Dr. Sam Pernia, (1 de noviembre de 2014) Muerte y conciencia: una descripción general de la experiencia mental y cognitiva de la muerte.

Página 86: Vida después de la vida: la investigación original más vendida que reveló "experiencias cercanas a la muerte" Raymond Moody MD 1975 www.lifefterlife.com

Página 87: Vida después de la vida: la investigación original más vendida que reveló "experiencias cercanas a la muerte" Raymond Moody MD 1975

Página 88: Vida después de la vida: la investigación original más vendida que reveló "experiencias cercanas a la muerte" Raymond Moody MD 1975

Página 90: ChatAI.com 2023

Página 91: IA en AWS 2023 Página 94: Anuncio de la ronda de financiación Serie C | Blog | NeuralinkPágina 96: Presentación de Neuralink de Elon Musk en YouTube

Página 96: Diez cosas asombrosas que los científicos acaban de hacer con CRISPR

www.livescience.com/59602-crispr-advances-gene-editing-field.html

Página 99: Talkad s. Raghuveer, MD y Austin J. Cox, MD - Soy un médico familiar. 2011;83(8):911-918

Kuisma M, Salo A, Puolakka J, et al. Retraso en el retorno de la circulación espontánea (fenómeno de Lázaro) tras el cese de la reanimación cardiopulmonar extrahospitalaria. Reanimación, 2017. 118: 107-111.

Además, por Jaime Reyes:

¿Cómo se desarrollaron y evolucionaron las creencias primitivas hasta convertirse en la fuerza persuasiva más poderosa jamás desarrollada?

En Español

> Amazon.com: Jaime Reyes En el principio, Origen de Religión   bit.ly/jrey26
>
> Amazon.com: En el Principio: El Origen de Religion (Spanish Edition) eBook : Reyes, Jaime: Kindle Store

In English

> **In the Beginning – The Early Days of Religious Beliefs By Jaime Reyes   on Amazon   bit.ly/jrey45**
>
> Amazon.com : Jaime Reyes In the beginning the early days of religious beliefs

IN THE
BEGINNING
The EARLY DAYS of
RELIGIOUS BELIEFS
JAIME REYES

Reseñas

En el Principio: Los primeros días de las creencias religiosas es una lectura fascinante sobre el origen, desarrollo y conceptualización de los cuerpos religiosos tal como se percibe a través de la lente amplia del ojo agudo y el juicio agudo del autor Jaime Reyes. Reyes busca desentrañar un viejo dicho que sugiere que la génesis de las ideologías y prácticas de creencias tuvo sus raíces en individuos avariciosos que se esforzaban con avidez por obtener control sobre poblaciones crédulas y desprevenidas.

La historia gira en torno a un autoproclamado sacerdote, Og, que ha descubierto los prodigiosos beneficios que puede obtener después de manipular al jefe de la aldea y a sus súbditos con una actuación espiritual altamente engañosa en su momento más problemático. Afirma poseer un raro don que le proporciona los medios para comunicarse con los espíritus presumiblemente responsables de terribles tormentas como la que actualmente se cierne sobre su aldea. Sin darse cuenta, los profundamente aprensivos habitantes no pueden evitar aferrarse a la sabiduría y la destreza espiritual del anciano habitante de las cavernas, que promete esperanza de supervivencia contra la furia destructiva de los dioses. El artificio de Og más tarde le otorgaría honor y admiración singulares a medida que su estatus e influencia cambiaron sustancialmente de la mordaz amenaza de la oscuridad y la miseria a un asiento glorificado en la mesa principal del Jefe.

La imaginación de Reyes en esta obra de ficción divertirá a los lectores con los niveles de susceptibilidad en los que pueden encontrarse desvaneciéndose los personajes que carecen de un fuerte pensamiento crítico. Como se ha trazado en el texto, la sociedad actual está igualmente envuelta en trampas similares en las que individuos desesperados se han visto enredados en círculos espirituales engañosos a través de figuras astutas que se disfrazan de promotores de paz y de guías espirituales, sin una cuidadosa consideración de su origen. y doctrina. Encuentro que los sentimientos del autor son adaptables considerando su profunda investigación que crea conciencia sobre la naturalidad de enamorarse de la naturaleza carismática y encantadora del protagonista al emplear engaños y seducción para atraer a la gente.

In the Beginning: The Early Days of Religion Beliefs es, de manera concluyente, un texto de lectura obligada que no sólo desafiará el sistema de creencias de sus lectores, sino que también exigirá una mayor vigilancia contra las personas y sectas que afirman ofrecer seguridad y curación a personas emocionalmente vulnerables. La eufórica publicación de Reyes se puede leer de una sola vez y lo mantendrá informado, satisfecho y anhelando otra de sus lecturas que invitan a la reflexión. ¡Altamente recomendado! — Reseña: Pacific Book Review

----

"Reyes tiene un estilo de escritura sencillo, parecido a una antigua leyenda como la Epopeya de Gilgamesh. El estilo es muy sencillo, ligero en diálogos y centrado en la acción. … hay muchas escenas de batalla detalladas que narran el proceso de pensamiento preciso del protagonista en el fragor de la batalla, hasta cada parada y paso lateral". —Logan Krum, Northeast Times Philacelphia

"Cada parte de esta novela, desde la historia de los neandertales hasta pequeños momentos del desarrollo del personaje, juega un papel importante"- Reseña oficial del On Line Book Club

----

"Esta historia está ambientada en una época difícil para crear una obra de ficción. Esto requirió más imaginación que la mayoría de los escenarios de los libros y lleva la ficción histórica a un extremo completamente nuevo"—Dan MacIntosh-Hollywood Review of Books

"Es la historia más grande jamás contada, el origen de nuestra creencia en dioses, no solo en el cristianismo, el judaísmo, el hinduismo o cualquier otra religión específica, sino en la religión misma"—Reseña oficial del On Line Book Club

El autor Reyes ha creado una fantasía creíble centrándose claramente en el desarrollo de los primeros prototipos conocidos del hombre moderno. La historia comienza con una premisa simple: un anciano habitante de las cavernas llamado Og se está cansando demasiado para cazar, pero si no caza, no comerá. Debe haber una manera de obtener una parte de la carne sin acompañar a los cazadores con lanzas de la tribu. Cuando llega una tormenta y la gente de su clan tiembla, temerosa del ruido y los relámpagos, Og tiene una inspiración. Utiliza sus miedos y su propia memoria aguda sobre la duración e intensidad habituales de tales tormentas para montar un espectáculo. Haciéndose pasar por una especie de chamán que puede controlar las fuerzas naturales, demuestra su poder atrayendo un rayo hacia una lanza volteada hacia arriba. Seguirá esta artimaña inicial con imágenes, cánticos y la invención de una panoplia cada vez mayor de dioses naturales a quienes nombra y cuyas fuerzas sólo él puede invocar. —Revisión de libros de EE. UU.

Gracias,
JR

www.ingramcontent.com/pod-product-compliance
Lightning Source LLC
Chambersburg PA
CBHW020807310726
48969CB00002B/741